SLALOM INS GLÜCK

JESSA JAMES

Slalom ins Glück: Copyright © 2020 von Jessa James

Alle Rechte vorbehalten. Kein Teil dieses Buches darf in irgendeiner Form oder mit irgendwelchen Mitteln, elektronisch, digital oder mechanisch, reproduziert oder übertragen werden, einschließlich, aber nicht beschränkt auf Fotokopieren, Aufzeichnen, Scannen oder durch irgendeine Art von Datenspeicherungs- und Datenabfragesystem ohne ausdrückliche, schriftliche Genehmigung des Autors.

Veröffentlich von Jessa James
James, Jessa

Cover design copyright 2020 by Jessa James, Author Images/Photo Credit: Deposit Photos: inarik

Hinweis des Herausgebers:
Dieses Buch wurde für ein erwachsenes Publikum geschrieben. Das Buch kann explizite sexuelle Inhalte enthalten. Sexuelle Aktivitäten, die in diesem Buch enthalten sind, sind reine Fantasien, die für Erwachsene gedacht sind, und jegliche Aktivitäten oder Risiken, die von fiktiven Personen innerhalb der Geschichte übernommen werden, werden vom Autor oder Herausgeber weder befürwortet noch gefördert.

1
ANGEL

Tag Eins

Ich musste nach Luft schnappen, als ich aus dem gemütlichen Shuttlebus des Hotels stieg. Die Kälte traf mich mit voller Wucht, wie eine niedergehende Lawine. Ich erschauerte, aber der Anblick der Berge zauberte mir sogleich ein Lächeln auf das Gesicht. Zerklüftete Gipfel, scharfkantig genug, dass man sich schneiden könnte, bedeckt von weißen Schneedecken, die dem Ganzen einen freundlicheren Anblick verliehen, geradezu einladend. Normalerweise war ich kein Freund von kaltem Wetter, Urlaub am Strand war eigentlich eher mein Ding. Aber ich war fest entschlossen, dieses eine Mal eine Ausnahme zu machen. Die Reise war bezahlt. Allerdings nicht von mir.

„Die Rezeption ist gleich da vorn, Miss Rose."

Ich drehte mich um und lächelte den Hotelangestellten an. „Alles klar, Sie gehen vor."

Er lächelte und ich folgte ihm zu den soliden Eichenholztüren der Silverwood Lodge, einem äußerst exklusiven und abgelegenen Berghotel in den Rocky Mountains von Colorado.

Jemand wie ich konnte sich normalerweise nicht einmal leisten, auch nur einen einzigen Fuß in ein solches Hotel zu setzen, ich würde schon in einem Radius von zwei Meilen drum herum als Fremdkörper bemerkt und höflichst gebeten werden zu gehen. Aber das hier war eine Ausnahme. Einen Monat zuvor hatte ich in einer Lotterie gewonnen.

Die Türen öffneten sich und ich trat ein. Das Lächeln auf meinem Gesicht wurde noch breiter und ich war sofort tiefenentspannt. Ich sah mich selbst vor dem Kamin sitzen, in eine Decke gekuschelt, mit einem dicken Buch in der einen Hand und einem rauchigen Whisky in der anderen. Anschließend würde ich den Zimmerservice bemühen. Und wenn ich dann noch mutig genug und voller Energie war, würde ich vielleicht auch noch auf die Piste gehen.

Aber dann sah ich die Deko, lauter Herzen und Banner, in pink und rot. Viel zu übertrieben und unübersehbar. Kleine, herzige Cherubim mit ihren Liebespfeilen.

Ich stöhnte innerlich auf. Die Inneneinrichtung war in allen nur denkbaren Schattierungen von pink gestaltet, alles nur für den blödesten Tag des Jahres. Valentinstag. Ich dachte, hier könnte ich diesem fürchterlichen Feiertag entkommen, ebenso wie meinen verliebten Freunden daheim.

Ich schüttelte den Kopf. Davon würde ich mir nicht meinen Aufenthalt hier verderben lassen. Einfach nein. In der Luft lag ein Hauch von Feuerholz und Tannenduft. Ich würde die Deko einfach ignorieren und mich darauf freuen, einen unvergesslichen Urlaub zu genießen, solange ich die Gelegenheit dazu hatte.

Der Angestellte begleitete mich zur Rezeption und stellte mein Gepäck neben mir ab. „Einen angenehmen Aufenthalt, Miss Rose."

„Danke, werde ich haben." Was machte es schon, dass das Hotel aussah, wie in einem Marshmallow? Tatsache war, ich war hier und gönnte mir zur Abwechslung mal etwas. Ich holte mein Portemonnaie heraus, um ihm Trinkgeld zu geben, aber er winkte lächelnd ab. „Ich werde gut bezahlt. Und das Lächeln ist gratis."

Das fing ja gut an, dachte ich, als der Mann mit einem Zwinkern verschwand.

„Möchten Sie einchecken?"

Ich drehte mich zu der freundlichen, rotwangigen Rezeptionistin um. Über der Brusttasche ihres schicken Blazers trug sie ein goldenes Namensschild. Mandy. Wäre ich zum Wetten aufgelegt, hätte ich vermutet, dass die Deko hier auf ihr Konto ging. Mit ihrem runden Gesicht und den hellen Locken sah Mandy den Cherubim ziemlich ähnlich, die um uns herum von der Decke hingen.

„Ja, Ich habe das Preisausschreiben des Radiosenders gewonnen. Angel Rose."

„Herzlich willkommen, Miss Rose. Meinen Glückwunsch. Sie sind hier für fünf Tage und fünf Nächte gebucht, der Checkout wäre am Samstag. Sie werden eine wundervolle Zeit bei uns haben, da bin ich mir sicher."

Ich nickte und spürte eine wachsende Begeisterung in mir. Während der

Mittagspausen im Büro hatte ich das Hotel recherchiert und war entsetzt gewesen, wie teuer mein kurzer Aufenthalt hier werden würde, wenn ich ihn hätte selbst bezahlen müssen. Das war mehr als ein Monatslohn. „Ja, fünf großartige und herrliche Tage."

„Perfekt." Sie tippte etwas in den Computer ein. „Wie viele Schlüssel?"

„Nur einen bitte." Ich seufzte unfreiwillig und tadelte mich sofort.

Noch vor einem Monat hätte ich diesen Urlaub für zwei Personen nicht allein angetreten. Aber da gab es nichts zu seufzen. Nicht mehr. Ich hatte mir vorgenommen, ihm nicht nachzutrauern. Es war vorbei. Aus. Ich konnte hier nur an mich selbst denken. Ich musste mit niemandem zusammen sein am Valentinstag. Ich musste überhaupt mit niemandem zusammen sein. Ich war allein und konnte auch so einfach glücklich sein. Ich nickte stolz.

„Sehr gut." Sie schob mir eine Karte über den Tresen und einen Lageplan mit einer Beschreibung, wo was zu finden war. „Es wird die ganze Woche über Veranstaltungen geben, da finden Sie sicher etwas, was Ihnen gefällt. Wir haben auch viele Singles hier, machen Sie sich deswegen also keine Sorgen." Sie zwinkerte mir vielsagend zu. „Sie finden auf Ihrem Zimmer ein Willkommenspaket mit einer Übersicht aller Aktivitäten. Und sicher wissen Sie, dass Ihre Mahlzeiten in Ihrem Gewinn enthalten sind. Achten Sie einfach darauf, alles auf die Rechnung für das Zimmer zu setzen. Das gilt auch für Ski-Ausrüstung, die Sie vielleicht leihen möchten, ebenso wie die Angebote für das Spa, falls Sie sich dort verwöhnen lassen wollen."

Das war Musik in meinen Ohren. „Vielen Dank."

„Genießen Sie Ihren Aufenthalt und wenn Sie irgendetwas benötigen, zögern Sie nicht, zu fragen." Mandy tippte auf die Glocke auf dem Tresen und blickte sich suchend um. Sie klingelte erneut, dieses Mal etwas ungeduldiger. „Rich!

Bring bitte das Gepäck dieser Dame ins Zimmer hinauf", sagte sie, als sie endlich den Angestellten erblickte.

„Ich habe jetzt Pause", erwiderte dieser zögernd und blickte auf die Tür zum Aufenthaltsraum für Angestellte.

„Bitte, Rich. Ich kann die Rezeption nicht verlassen."

„Ist schon okay, kein Problem. Ich kann mein Gepäck auch selber tragen."

„Nein, nein. Das ist alles Teil unseres Services, nicht wahr, Rich?" Mandy funkelte ihn böse an.

Er seufzte, setzte aber ein Lächeln auf. „Sicher. Folgen Sie mir bitte." Leise konnte ich ihn murmeln hören: „Dafür habe ich was gut, Mandy."

Rich, der widerstrebende Portier, nahm mein Gepäck und ich folgte ihm brav zum Fahrstuhl. Dort drückte ich aufgeregt auf die Taste, bevor er es selber tun konnte.

Ich hatte nicht damit gerechnet, das Preisausschreiben zu gewinnen, als ich eines Morgens auf dem Weg zur Arbeit dort angerufen hatte. Der romantische Urlaub wäre nett gewesen für mich und meinen Freund Tim, um gemeinsam den Valentinstag zu begehen. So dachte ich. Aber noch bevor ich ihm von meinem Gewinn berichten konnte, ließ er die Bombe platzen und machte damit meine Träume zunichte.

Die Tür ging auf, ich betrat den gläsernen Lift und drückte auf den Knopf für die dritte Etage, wo meine Suite sich befand. Es fühlte sich an, als wäre man in einer Karaffe aus Kristall. Mir tat der Mensch leid, der ständig dafür zu sorgen hatte, dass die Scheiben blitzblank waren.

Zögernd ließ ich meine Gedanken zu meinem Ex zurückkehren. Wir hätten in diesem Fahrstuhl eine Menge Blödsinn anrichten können, wenn Tim sich nicht als komplettes Arschloch herausgestellt hätte. Als er mich zum Abendessen einlud, dachte ich allen Ernstes, er würde mir einen Antrag machen. Immerhin waren wir seit zwei

Jahren zusammen gewesen. Ich war der Ansicht, es waren zwei gute Jahre, hier und da vielleicht ein wenig fade, aber wir liebten einander und ich wurde auch nicht jünger, wie einige bereits verheiratete Freunde nie müde wurden zu erwähnen.

Aber das war mitnichten das, was er mir sagen wollte. Nein, stattdessen riss er mir das Herz entzwei, noch dazu in aller Öffentlichkeit, indem er mir mitteilte, er sei gelangweilt. Von mir, von unserer Beziehung und er wollte mit anderen Frauen ausgehen. Um genauer zu sein, er hätte schon jemanden gefunden. Vorausschauend, so war Tim.

„Tut mir leid, Angel", sagte er, als ich sprachlos in dem schicken Restaurant saß. „Ich kenne sie von der Arbeit und sie ist umwerfend. Ich glaube, Michelle könnte die Richtige sein."

Ich nahm an, dass die meisten Frauen im Falle einer Trennung etwas im Hinterkopf haben, eine passende Antwort, eine Reaktion, um es dem

Mann, der ihnen das Herz bricht, einigermaßen heimzuzahlen.

Aber ich nicht. Mein Kopf war vollkommen leer. Jeder klare Gedanke hatte sich verabschiedet. Es traf mich vollkommen unvorbereitet. Mir blieben die Schimpfworte im Halse stecken wie in einem verstopften Abfluss. Ich bekam nicht einmal mehr die Möglichkeit, ihm mein Weinglas ins Gesicht zu schleudern.

Als der Kellner kam, um meine Bestellung aufzunehmen, hatte Tim seinen Mantel schon wieder angezogen und war halb zur Tür hinaus. Noch vor der Bestellung hatte er mir das Herz herausgerissen und meine Vorstellung von einer gemeinsamen Zukunft zerstört.

Peinlich berührt entschuldigte ich mich bei dem Kellner und floh tränenüberströmt aus dem Restaurant.

DIE FAHRSTUHLTÜR ÖFFNETE sich und ich schüttelte die Gedanken an Tim ab wie

Regenwasser, während ich dem Portier den auf Hochglanz polierten Flur entlang nacheilte. Vor einer Tür stellte er mein Gepäck ab und machte sich gleich wieder auf den Weg. „Tut mir leid", rief er mit einem entschuldigenden Winken. „Ich kann es nicht länger aufhalten!"

Ich verzog irritiert das Gesicht. War es denn nicht üblich, dass der Portier einem das Zimmer zeigte? Andererseits legte ich keinen großen Wert darauf, dass der Mann in dem Zimmer eine Pfütze hinterließ.

Ich benutzte die Karte und stellte mich auf weitere Deko ein. Warme Holzmöbel und Plüsch, wie ich es online bei meiner Recherche gesehen hatte. Ich konnte es kaum erwarten. Als das Licht am Türriegel auf grün sprang, drückte ich die schwere Tür auf und schnappte sogleich nach Luft, als ich den herrlichen Blick aus dem Panoramafenster gegenüber der Tür sah.

Das war sogar noch viel schöner, als ich es mir vorgestellt hatte. Das Zimmer war groß, mit vielen Goldtönen, Harthölzern, und in angenehmes Licht getaucht. Aber vor allem der Ausblick auf die Berghänge war atemberaubend.

Ich stellte meinen Koffer neben dem Sofa ab und ging hinüber zur Glastür, um sie zu öffnen und auf den Balkon hinauszugehen. Die kalte Luft war mir egal. Meilenweit konnte man die sonnenbeschienenen, schneebedeckten Hänge sehen. Hier und da bewegte sich ein kleiner Punkt im Slalom abwärts. Es hatte etwas Magisches.

Ich kehrte zurück ins Zimmer und sah mich etwas genauer um. Im Kamin brannte eine mit Gas befeuerte Flamme, davor stand ein gemütliches Sofa. An einer Wand befand sich eine kleine Bar, inklusive einiger interessanter, teuer aussehender Getränke.

Ich betrat das Nebenzimmer und musste beim Anblick des riesigen Bettes beinahe kichern. Der Kamin gehörte offenbar zu beiden Zimmern. Neben dem Bett gab es noch einen Frisiertisch, einen gepolsterten Stuhl und einen einladenden Lesesessel. Ich war jetzt schon verliebt, dabei hatte ich noch nicht einmal das Bad gesehen.

Als ich es mir ansah, konnte ich ein freudiges Jauchzen nicht unterdrücken. Eine in den Boden eingelassene Badewanne, schillernde Marmorfliesen und eine Regendusche. Alles war so schick und doppelt so groß wie daheim. Für fünf ganze Tage und Nächte gehörte das alles mir. Mein eigenes kleines Paradies.

Mit einem erneuten Seufzer kehrte ich zurück in den Wohnbereich und holte mein Gepäck. Ich schloss die Tür, um die Wärme nicht herauszulassen und freute mich nach der langen Anreise von der Ostküste auf ein heißes Bad und ein interessantes Getränk, das ich mir sonst nie hätte leisten können. Nachdem ich das Zimmer nun gesehen hatte, war es mir längst nicht mehr so wichtig, die Piste zu betreten oder überhaupt im Schnee herumzulaufen.

Ich wollte nur noch entspannen und

über mein gebrochenes Herz hinwegkommen und möglichst nicht an die Realität denken, die mich in fünf Tagen wieder einholen würde.

Mit einem Grinsen zog ich mir die Stiefel aus. Mein Urlaub hatte offiziell angefangen. Aber das bedeutete natürlich nicht, dass er auch gut enden würde. Denn das Schicksal hatte mir ein Blatt ganz schlechter Karten ausgeteilt und hielt einige Überraschungen für mich bereit. Denn schon kurze Zeit später stand ich einem völlig Fremden gegenüber, mitten im Zimmer, das Handtuch lag irgendwo zu meinen Füßen und ich war vollkommen nackt.

2

NICK

„Genießen Sie Ihren Aufenthalt, Mr Lowry, und zögern Sie bitte nicht, sich direkt an mich zu wenden, wenn ich irgendetwas für Sie tun kann."

Ich zwinkerte der Frau an der Rezeption zu und nahm meine Tasche. Vielleicht würde ich ihr Angebot annehmen. Immerhin war ich im Urlaub.

Mir wurde erklärt, dass der Portier offenbar vermisst wurde, dann deutete die Rezeptionistin Richtung Fahrstuhl und ich machte mich auf den Weg. Ich hatte einen langen Flug hinter mir und war endlich in den wunderschönen Rocky Mountains angekommen, um mich zu entspannen und zu erholen.

Das Zimmer hätte besser gar nicht sein können, aber ich blickte mich nur flüchtig um und ging direkt zur Bar. Mein Flug hatte zwei Stunden Verspätung gehabt, in denen ich sinnlos am Flughafen festsaß, was mir nicht gerade zugesagt hatte.

Aber ich musste keinen Penny dafür bezahlen, warum also aufregen?

Ich wählte einen ausgezeichneten schottischen Whiskey und schüttete mir großzügig davon ein. Die Flüssigkeit brannte nach dem ersten Schluck in meiner Kehle und eine wohlige Wärme breitete sich in mir aus. Ich konnte noch immer nicht recht fassen, dass ich diese Reise gewonnen hatte. Ich hatte exakt zur selben Zeit die richtige Antwort gesagt, wie die andere Teilnehmerin. Daher musste man uns beiden den Preis geben. Wir bekamen beide eine solche Reise als Gewinn. Als ich mich nun hier so umschaute, musste ich anerkennen, dass man sich nicht hatte lumpen lassen. Ich hatte fast damit gerechnet, dass man mich in eine billige Absteige einquartieren würde, mit ein paar Gutscheinen für die Anlage.

Aber nun hatte ich fünf Tage, um die Pisten unsicher zu machen und mich auszutoben. Und ich hatte fünf Nächte, um mich in Schwierigkeiten zu bringen und ebenfalls auszutoben, zumindest hoffte ich das. Immerhin war dies genau die richtige Woche dafür. Der Valentinstag stand vor der Tür. Es musste doch ein paar Ski-Hasen geben, die Single waren. Zumindest hatte die Rezeptionistin so ausgesehen, als hätte sie nichts dagegen, auf ihrem Tisch flachgelegt zu werden.

Ich trank mein Glas aus und starrte hinaus auf die Berghänge. Der Zeitpunkt für diese Reise hätte nicht besser sein können. Ich hatte mir das ganze Jahr über das Hemd aus der Hose geackert, um endlich meine Sicherheitsfirma an den Start zu bringen und lukrative Klienten zu gewinnen. Meine beiden Brüder und ich hatten alles andere vernachlässigt, damit das Geschäft ein Erfolg würde.

Ich war in der glücklichen Situation, keine nörgelnde Ehefrau zu haben oder sonst irgendwelche Verpflichtungen, die mich von der Verwirklichung dieses Traums hätte abhalten können. Aber es bedeutete auch, dass die meiste Arbeit an mir hängenblieb, weil ich keine anderen Verpflichtungen hatte. Ich bereute es nicht. Ich hatte in drei Auslandseinsätzen meinem Land gedient und wollte nun an der Heimatfront die Menschen beschützen.

Ich schenkte mir ein weiteres Glas ein und sah mich im Zimmer um. Es war ein schöner Ort, um sich zu erholen. Mein Blick fiel auf ein Bündel hinter dem Sofa. Ich ging näher hin, um es mir anzusehen. Wahrscheinlich hatte der vorherige Benutzer des Zimmers ein Gepäckstück stehenlassen. Aber noch bevor ich es mir genauer anschauen konnte, ging neben mir die Tür auf. Eine Frau schrie auf und ich ließ beinahe mein Glas fallen.

„Raus!"

Ich drehte mich um und sah, wer geschrien hatte. Ihr dunkelbraunes Haar war nass, sie war in ein flauschiges, weißes Badetuch gewickelt und stand in der Tür. Dann griff sie nach der Deko, die neben ihr auf dem Tisch stand.

„Was zur Hölle? Wer sind Sie?", fragte ich, ebenfalls verwirrt.

„Raus!", schrie sie erneut und warf eine Plastikblume nach mir. Ich duckte mich und der Topf klatschte hinter mir an die Wand. Ich hob abwehrend die Hände.

„Warten Sie! Einen Moment mal! Und hören Sie auf, Sachen nach mir zu werfen!"

Als nächstes flog ein Kissen in meine Richtung. Aber sie hatte ihr Handtuch losgelassen und es fiel zu Boden. Ich fing das Kissen auf, bereit, es zurückzuwerfen, aber dann war ich zu abgelenkt. Meine Augen labten sich an ihrem Anblick. Sie hatte eine Figur wie ein Stundenglas, ich war sprachlos. Ihre üppigen Brüste wippten hin und her, während sie versuchte, sich zu bedecken und die Hände über ihre dunklen, harten Nippel legte. Allerdings vergaß sie darüber ihren Unterleib. Sie hatte einfach nicht genug Hände, um alles zu bedecken. Der dichte Busch dunklen Schamhaars ließ mir das Wasser im Munde zusammenlaufen. Ich leckte mir über die Lippen.

„Hören Sie auf, mich so anzustarren! Drehen Sie sich um!", schrie sie und suchte nach etwas, um sich zu bedecken. Schließlich entschied sie sich für das Handtuch, dass ein paar Schritte entfernt auf dem Boden lag und wickelte es sich um ihren wundervollen Körper. Vielleicht hatte ich mein Ski-Häschen schon gefunden.

„Ach kommen Sie, seien Sie doch nicht so", sagte ich grinsend und ließ meinen Charme spielen. „Meinetwegen müssen Sie sich nicht verstecken. So einen Körper muss man doch zeigen. Es wäre eine Schande, wenn …"

„Aber nicht vor Ihnen! Raus, habe ich gesagt!" Sie griff nach dem Brieföffner auf dem Tisch und hob den Arm.

„Verdammt, einen Moment, Lady!", rief ich und duckte mich hinter das Kissen, das mich aber nicht wirklich schützen konnte. Ich wollte schließlich nicht aufgespießt werden. Ich wollte das Aufspießen selber übernehmen.

Zum Glück hielt sie inne und ich blickte sie über den Rand des Kissens an. Sie atmete heftig und hielt das Handtuch fest, als hinge ihr Leben davon ab.

„Ich glaube, es ist alles nur ein Missverständnis, entspannen Sie sich."

„Ganz meine Meinung." Sie marschierte zum Telefon und nahm den Hörer ab. „Hi, ja, hier spricht Angel Rose in Zimmer 321. In meinem Zimmer befindet sich ein Mann. Ich benötige den Wachdienst. Sofort!"

„Nein, Augenblick", sagte ich verärgert. „Ich bin in Zimmer 321. Sie sind in mein Zimmer eingedrungen."

„Ich war zuerst hier!", erwiderte sie, noch immer den Hörer am Ohr. In dem Punkt konnte ich ihr allerdings nicht widersprechen. „Was? Was haben Sie gesagt? Ich will sofort den Manager sprechen."

Ich sah, wie ihr alles Blut aus dem Gesicht wich, nahm ihr den Hörer aus der Hand und ignorierte ihre Proteste. Sie versuchte, ihn mir wieder wegzunehmen, aber ich ließ es nicht zu.

„Vorsichtig, sonst fällt das Handtuch wieder runter und das wollen wir doch nicht, oder?" Ich zog eine Augenbraue hoch und grinste teuflisch.

„Igitt!"

Ich widmete meine Aufmerksamkeit dem Telefon. „Hi, hier spricht Nick Lowry. Ich sollte in diesem Zimmer wohnen. Ich habe einen Schlüssel dazu in meiner Tasche."

„Mr Lowry, ich bin der Manager des Hotels. Wir haben soeben die Reservierungen gecheckt und ich kann leider nur mit Bedauern sagen, dass es offenbar eine beklagenswerte Verwechslung gegeben hat. Ich kann es mir selber nicht erklären."

Ich schnitt ihm das Wort ab. „Was soll das heißen, eine Verwechslung? Wovon reden Sie, Mann? Raus damit!"

„Meine Worte", sagte die Frau neben mir. „Wenn Sie mir nicht den Hörer weggerissen hätten, dann wüssten wir längst mehr. Aber nein, der große Mann musste ja unbedingt die Führung übernehmen."

„Sie wurden beide für dasselbe Zimmer gebucht, wie meine Kollegin bereits Miss Rose mitgeteilt hat", erklärte der Manager.

„Oh nein", lachte ich und wischte mir mit der Hand über das Gesicht. „Der Radiosender hat mir versprochen, dass es ein eigenes Zimmer für mich geben würde."

„Es tut mir sehr leid", wiederholte der Mann, „das ist offenbar versäumt worden und Sie wurden beide in Zimmer 321 gebucht."

Mir kam der Gedanke, dass das schließlich nicht das Ende der Welt war. So etwas ließ sich doch leicht beheben. In meinem Job war ich es gewohnt, schnell zu reagieren und alternative Wege zu finden.

„Also schön, dann buchen Sie mich in ein anderes Zimmer um. Ich zahle die Differenz und setze mich später mit dem Radiosender auseinander."

„Ich fürchte …, oh je, aber das ist leider nicht möglich." Der Mann seufzte. „Wir sind komplett ausgebucht. Es ist kein einziges Zimmer mehr frei. Immerhin ist diese Woche Valentinstag."

„Das ist doch nicht Ihr Ernst?"

„Ich kann mich nur noch einmal in aller Form entschuldigen. Vielleicht könnte ich …"

„Mist", murmelte ich und legte auf, bevor der Mann noch irgendetwas sagen konnte. Ich starrte die Frau an.

„Und? Was hat er gesagt?" Sie wedelte mit einer Hand vor meinem Gesicht herum. „Erde an fremder Mann?"

Ich sah meiner neuen Mitbewohnerin in die Augen und fuhr mir mit der Hand durch das Haar.

„Die gute oder die schlechte Nachricht?"

„Die gute", sagte sie zögernd.

Ich grinste. „Die gute Nachricht ist, dass Sie einen neuen Mitbewohner haben."

„Das soll die gute Nachricht sein?", schrie sie. „Da wage ich kaum zu fragen, was die schlechte Nachricht ist."

„Ich habe gelogen. Es gibt keine schlechte Nachricht. Es sei denn, Sie betrachten es als solche, dass wir hier miteinander festsitzen. Ich kann mir Schlimmeres vorstellen." Ich begaffte sie von oben bis unten.

„Nein", sagte sie und hob abwehrend die Hand. „So läuft das nicht. Sie gehen jetzt. Sofort. Wer immer Sie auch sein mögen, Sie werden nicht hier mit mir wohnen. Ausgeschlossen. Raus."

Ich lachte. „Wieso sollte ich derjenige sein, der gehen muss? Ich habe dasselbe Recht, hier zu sein wie Sie. Wir wurden beide in dieses Zimmer gebucht."

Sie biss sich auf die Lippe und ich gönnte mir einen weiteren Blick. Sie hatte stahlblaue Augen und aus der Nähe sah sie noch umwerfender aus. Und das ohne jegliches Make-up.

„Das geht nicht. Wir können nicht beide hier wohnen."

„Wieso nicht? Wir sind doch beide erwachsen. Ich könnte Ihr Valentin sein", sagte ich und wackelte mit den Augenbrauen. Sie starrte mich finster an. „Okay, vergessen Sie es. Na gut. Wenn Sie sich benehmen und Ihre Hände bei sich behalten können, dann kann ich das auch."

„Hören Sie sich eigentlich auch mal selber zu? Halten Sie sich für ein Geschenk Gottes?"

„Ich kann alles sein, was Sie möchten, Lady. Sie sollten vor Freude jauchzen. Fünf Nächte mit mir. Viele Frauen würden eine Menge für eine solche Gelegenheit bezahlen."

„Was stimmt bloß nicht mit Ihnen?", fauchte sie. Aber es entging mir nicht, wie abschätzend ihr Blick über mich glitt, mit einem extra langen Starren auf meinen Schritt. Genau, Lady, schau nur richtig hin. Ich spürte, wie ich hart wurde. Sie keuchte auf, machte einen Schritt zurück und wandte sich ab.

Ich atmete aus und schaltete einen Gang zurück.

„Na schön, hören Sie zu. Ich halte mich zurück. Aber es sieht so aus, als könnten wir an der Situation nichts ändern. Und ich habe nicht die Absicht, einfach wieder abzureisen. Sie etwa?" Sie schüttelte den Kopf und warf mir über die Schulter einen Blick zu. „Wir können einander aus dem Weg gehen und den Gratis-Urlaub fünf Tage lang genießen. Ich belästige Sie nicht, ich schwöre es beim Grab meines Vaters. Ich kann ein echter Gentleman sein."

„Na sicher." Aber sie dachte einen Moment darüber nach und grinste dann. „Okay, aber ich kriege das Schlafzimmer."

„Moment mal!" Aber da war sie schon nach nebenan geflitzt und hatte mir die Tür vor der Nase zugeschlagen. Ich hörte, wie sie abschloss und machte mir nicht die Mühe, dagegen zu hämmern. „Jetzt kommen Sie schon, seien Sie doch nicht so kindisch. Sagen Sie mir wenigstens Ihren Namen."

3
ANGEL

Er war weg. Endlich!

So leise wie eine Kirchenmaus öffnete ich die Schlafzimmertür, lugte vorsichtig um die Ecke und lauschte, bevor ich die Tür schließlich ganz öffnete.

Über eine Stunde hatte ich mich im Schlafzimmer eingeschlossen, von meiner anfänglichen Euphorie war nichts mehr übrig geblieben, meine Vorfreude hatte sich komplett in Rauch aufgelöst. Wieso gab es denn keine andere Lösung? Nun standen mir fünf grauenvolle Nächte bevor. Ich rief erneut an der

Rezeption an, aber sie konnten nichts machen. Selbst die anderen Hotels, die ein paar Stunden mit dem Auto entfernt waren, hatten keine Zimmer mehr frei. Entweder blieb ich und teilte mir das Zimmer oder ich hätte mich zum Flughafen bringen lassen können, in der Hoffnung, dass sich mein Rückflug umbuchen ließ. Ich entschloss mich widerstrebend, zu bleiben.

Im Wohnzimmer gab es kaum Hinweise darauf, dass jemand außer mir hier gewesen war. Nur der Koffer in der Ecke, der aussah wie ein schuldbewusster Hund, ließ darauf schließen. Und dann war da noch das leere Glas auf der Bar, das auf den Eindringling hinwies.

Oh, und sein Rasierwasser. Das konnte man im ganzen Zimmer riechen. Selbst bis ins Schlafzimmer war der Duft gewabert und hatte mich daran erinnert, wie heiß der Fremde nebenan war.

Ich atmete tief durch. So ganz fremd

war er allerdings gar nicht. Er war immerhin der andere Anrufer gewesen. Anders konnte es ja nicht sein.

Es war ein albernes Quiz gewesen, man musste Filmzitate den Filmen zuordnen. Er durfte zuerst antworten. Ich kannte die richtige Antwort und konnte mich kaum zurückhalten, damit herauszuplatzen, sobald er die falsche Antwort sagte.

Allerdings sagte er zu meinem Ärger aber gar nicht die falsche Antwort, sondern das Zitat kam in mehreren Filmen vor. Und nur deshalb war ich nun gezwungen, mein Hotelzimmer mit einem Fremden zu teilen. Ich war kurz davor, den Radiosender anzurufen und mich lautstark zu beschweren. Wie konnten sie mich nur in eine solche Lage bringen.

Dass er scharf aussah, spielte ja dabei keine Rolle.

„Oh nein, fang gar nicht erst so an", murmelte ich zu mir selbst. Nur weil ich mehr und mehr Zeit mit meinem Vibrator verbrachte, hieß das nicht automatisch, dass ich begeistert mit dem erstbesten Mann ins Bett steigen würde, der mich anlächelte. Wenn da nur nicht dieses freche Grinsen gewesen wäre.

Aber er war eindeutig nicht mein Typ, wir spielten nicht in derselben Liga. All die Muskeln, der freche Charme und das gute Aussehen, da würde sich jede Frau nach umdrehen. So ein Typ bedeutete immer mehr Ärger als er es wert war. Er machte den Eindruck eines Spielers. Ich war mir sicher, in diesem Augenblick war er unten bei der Rezeptionistin und flirtete mit ihr auf Teufel komm raus. Sie machte den Eindruck, als würde sie auf seine markigen Sprüche und das Platzhirsch-Gehabe abfahren. Ich stand eher auf die stillen Nerds. Tim war Buchhalter mit dicken Brillengläsern und einer Vorliebe für Filmklassiker und schwermütige Western. Das war eher mein Tempo. Bodenständig und unkompliziert. Nun, zumindest bis er es versaut hatte.

Vielleicht hatte er Schluss gemacht,

weil er es einfach nicht nachvollziehen konnte, dass ich auf Actionfilme stand. Ich schleifte ihn ständig in den neuesten Streifen mit Mark Wahlberg oder Bruce Willis. Er hasste das und betonte stets, was für einen schlechten Geschmack ich doch hätte. Dabei hatte ich mir seine bevorzugten Filme doch immer ohne Murren und Knurren angeschaut. Ich war bereit gewesen, mich für ihn zu ändern und seinen Vorlieben eine Chance zu geben.

Er hingegen nicht.

ICH VERDRÄNGTE SÄMTLICHE GEDANKEN AN TIM, strich meine Kleidung glatt und schüttelte mein Haar aus. Dann betrachtete ich mich in dem großen Spiegel und nahm mir vor, spätabends nicht mehr so oft Pizza zu essen. Aber im Grunde war ich zufrieden mit meinem Anblick. Für diese Reise hatte ich mir ein paar neue Klamotten gegönnt und war nun erst recht froh, nicht in meinen alten Sachen angereist zu sein.

Immerhin teilte ich mir das Zimmer ja nun mit jemandem.

Ich stöhnte auf, nahm meine Handtasche und ging zur Tür. Ich würde mir davon nicht den Urlaub vermiesen lassen. Immerhin war da noch das kostenlose Essen und der Alkohol. Und beides würde ich heute Abend auskosten.

Ich schloss die Tür ab, ging zum Fahrstuhl und drückte auf den Knopf für das Erdgeschoss. Das Gelächter und der Lärm der abendlichen Gesellschaft drang aus dem großen Saal des Hotels herauf. Ich wollte mich amüsieren, alle Vorsicht fahrenlassen und eine Weile vergessen, wie mein Leben wirklich war. Ich hatte keine große Kariere vor mir, hatte mich nie zu etwas berufen gefühlt und verbrachte meine Tage damit, Anrufe entgegenzunehmen und Akten in einer Anwaltskanzlei zu sortieren.

Der Job bezahlte meine Rechnungen, ich war ganz zufrieden damit, aber meine Leidenschaft war das nicht.

Und nun hatte ich nicht einmal mehr ein soziales Umfeld. Die letzten beiden Jahre hatte ich mich ganz auf einen Mann eingestellt, der das offenbar nicht einmal zu schätzen gewusst hatte. Ich holte mein Handy aus der Handtasche und machte mir ein paar Stichworte für meine To-Do-Liste. Ich sollte Rach und Leonie anrufen. Ich musste mich unbedingt mit ihnen treffen und mich dafür entschuldigen, dass ich sie so sehr eines Mannes wegen vernachlässigt hatte.

Die Tür glitt auf, ich betrat den Fahrstuhl und nickte einem Paar zu, das sich bereits dort befand. „Gehen Sie an die Bar?", fragte die Blondine, als sich die Tür wieder schloss. „Da gibt es die besten Cocktails."

Ich musterte sie und fühlte mich wie schäbige Cousine. Vielleicht hätte ich das neue Kleid heute schon anziehen sollen? Sie hatte fast nichts an und der

Mann neben ihr genoss eindeutig den Anblick. Was dachten die denn, wo sie hier waren? In den Tropen? Sie würde erfrieren, sobald sie vor die Tür trat. Mir wurde bewusst, dass sie noch immer auf meine Antwort warteten, also nickte ich. „Ja, klingt gut."

Zum Glück kamen wir kurz darauf an und ich stieg schnell aus dem Fahrstuhl. Ich brauchte jetzt dringend einen Drink und eilte Richtung Bar. Ich ergatterte den letzten freien Barhocker und legte meine Handtasche auf den Tresen.

„Was darf es sein?", fragte der Barkeeper und platzierte eine weiße Papierserviette vor mir. „Der Cocktail der Woche ist der Liebestrunk."

Ich schaute ihn finster an.

„Der ist aber nicht pink, oder?"

„Er schmeckt nicht pink, falls Ihnen das hilft. Er wird mit Champagner, Vanille und Erdbeeren gemacht, dazu ein Schuss Cranberry-Ananas-Saft. Sie werden ihn lieben."

„Was auch immer. Ich probiere ihn."

Ich war mir zwar nicht ganz sicher, aber ich wollte den eifrigen Barkeeper nicht enttäuschen. Bestimmt wurde er mit einer Prämie belohnt, wenn er möglichst viel von dem klebrigen Zeug verkaufte. Normalerweise bevorzugte ich ein Glas Chardonnay. Aber da der Radiosender für die Getränke aufkam, konnte es nicht schaden, auch mal etwas Neues auszuprobieren.

Der Barkeeper nickte und lächelte breit. Während ich auf mein Getränk wartete, sah ich mich ein wenig um. Eine Gruppe von sechs Leuten saß in der Mitte der Lounge. Sie trugen schicke Anzüge und elegante Abendkleider. In den schwach beleuchteten Ecken saßen verliebte Paare eng beieinander. Hier und da war lautes Lachen zu hören.

Ich war eher introvertiert und konnte nicht einfach zu der Gruppe hinübergehen, mich vorstellen und ein Gespräch anfangen, egal wie sympathisch die wirkten. Ich hätte gar nicht gewusst, was ich sagen sollte. Und sicher hatte ich auch gar nichts mit den anderen Gästen gemeinsam, die allesamt so aussahen, als gehörten sie zu den oberen Zehntausend. Ich hielt mich lieber zurück.

Ein vertrautes Gesicht tauchte am Ende der Bar auf, mein anstrengender Mitbewohner. Er nickte in meine Richtung, seine Augen funkelten und sein Lächeln wurde breiter. Wieso musste er nur so verdammt gut aussehen? Und er war sich dessen absolut bewusst und nutzte es zu seinem Vorteil aus.

Ich holte tief Luft und erwog, zu ihm hinüberzugehen. Hallo zu sagen. Noch einmal neu zu starten. Ich wusste noch immer nicht seinen Namen und konnte mich vom Radioquiz nicht mehr daran erinnern. Was konnte schon schlimmstenfalls passieren? Wir könnten uns höchstens noch unsympathischer werden. Ich wollte gerade vom Stuhl rutschen, als er sich der Person neben ihm zuwandte und zu ihr beugte. Ich war vergessen.

Er war nicht allein. Natürlich hatte er

keine Probleme, neue Bekanntschaften zu machen, dachte ich grimmig. Typen wie er waren nie lange allein. Immerhin war es nicht die Rezeptionistin.

Die schlanke Frau mit dem knallroten Lippenstift und dem glänzenden Haar lachte über etwas, was er gesagt hatte. Ich verzog das Gesicht. Bestimmt erzählte er ihr gerade, dass er das Zimmer mit einer widerspenstigen, wütenden Frau teilen musste. Die Blondine hatte eine Hand auf seinen Arm gelegt, sie genossen ihre Drinks. Eifersucht stieg unerwartet heftig in mir auf. Warum, war mir ein Rätsel. Ich kannte ihn doch gar nicht. Ich hatte keine Ansprüche auf ihn, ganz sicher wollte ich seinen Körper nicht auf meinem. Seine Lippen auf meinen Lippen. Seine Zunge, die über meine ... Grundgütiger.

„Hier, bitte sehr", sagte der Barkeeper. „Lassen Sie es mich wissen, ob er Ihnen schmeckt. Ich kann Ihnen sonst auch etwas anderes mixen."

Mit hochrotem Kopf starrte ich auf

den pinkfarbenen Drink, den er vor mir abgestellt hatte. Das Glas und die sprudelnde Flüssigkeit glitzerten geradezu in dem gedämpften Licht. „Danke, sieht gar nicht schlecht aus."

„Kein Problem." Er wandte sich einem anderen Gast zu.

Ich nahm das Glas und betrachtete den Drink genauer. Mein Blick schweifte hinüber zu meinem Fremden. Noch immer war er der Blondine zu nahe, sie saß beinahe auf seinem Schoß. Wollte sie ihn gleich hier in der Bar reiten? Meine Güte. Er amüsierte sich, warum sollte ich das also nicht auch tun? Ich widmete mich wieder meinem Drink und bemerkte den gezuckerten Rand des Glases. Ich mochte süßes Zeug, so schlecht konnte der Cocktail also gar nicht schmecken.

Ich nahm einen großen Schluck und hätte ihn beinahe sofort wieder ausgespuckt, als die brennende Flüssigkeit mir einen Hustenanfall bescherte.

Mein Gott, das Zeug war grauenvoll.

Widerlich. Der schlimmste Cocktail, den ich je hatte. Ich wollte mir den Anisgeschmack von der Zunge kratzen. Es fühlte sich an, als würde das Zeug auf dem Weg zum Magen außerdem noch gerinnen. Ich stellte das Glas abrupt ab und rang nach Luft. Einige andere Gäste, unter anderem auch mein neuer Zimmergenosse, blickten in meine Richtung, um zu sehen, warum ich so eine Szene veranstaltete.

„Was zur Hölle haben Sie denn da rein getan?"

Der Barkeeper wirkte erstaunt, dann klappte ihm der Unterkiefer herunter. „Oh, Mist."

Er nahm das Glas und schnupperte daran.

„Es tut mir so leid. Ich glaube, ich habe aus Versehen Sambuca anstatt Wodka reingemixt. Verdammt. Ich mache Ihnen einen Neuen. Dieses Mal aber richtig. Bitte, sagen Sie meinem Boss nichts davon."

Ich zwang mich zu einem Lächeln,

winkte ab, grapschte nach meiner Handtasche und eilte davon. Mein Gesicht brannte vor Scham, mein Husten erregte besorgte und abfällige Blicke, als ich die Bar verließ.

4
NICK

Langsam schloss ich die Tür, beruhigt, dass das leise Klicken kaum zu hören war. Es war schon nach Mitternacht. Das mochte für das Hotel noch früh sein, aber ich musste auch an meine Zimmergenossin denken. Ich konnte wirklich ein Gentleman sein, wenn ich wollte.

Ich blickte zur Schlafzimmertür, die bereits geschlossen war. Zum Glück hatte das Bad zwei Eingänge, nicht nur, wie sonst üblich, vom Schlafzimmer aus. Das hätte mir noch gefehlt, dass ich in den nächsten Nächten vom Balkon hätte pinkeln müssen.

Ich fragte mich, wie es ihr wohl ging, nachdem sie so eilig aus der Bar verschwunden war. Ein wenig fühlte ich mich schlecht, weil ich ihr nicht gefolgt war, um zu sehen, ob es ihr gut ging. Das wäre vernünftig gewesen. Allein, um mein Auftreten bei unserer ersten Begegnung wieder wettzumachen. Aber ich war davon ausgegangen, dass meine Anwesenheit die Stimmung zwischen uns beiden nur noch verschlechtert hätte.

Als sie die Bar betreten hatte, war sie mir sofort aufgefallen. Sie brauchte kein enges Abendkleid, um Eindruck zu machen. Sie war ein Blickfang, ganz ohne Absicht. Und ich war nicht der Einzige, der ihr interessierte Blicke zuwarf. Auch andere Männer betrachteten sie, ließen ihre Blicke über den süßen, unschuldigen, zum Vögeln gemachten Körper gleiten, als sie durch die Bar ging.

Ihr langes, braunes Haar mit den honigfarbenen Strähnen wippte ihr auf den Schultern, wenn sie ging. Und trotz der lässigen Kleidung kam ihre üppige Figur sehr gut zur Geltung. Ich konnte nicht aufhören, sie mir vorzustellen. Nackt. Feucht. Sie war heißer, als ich anfangs gedacht hatte. Es traf mich wie aus heiterem Himmel. Und ich war knüppelhart.

Aber dann kam der Hustenanfall. Das Schneehäschen, dass ich mir zum Zeitvertreib gesucht hatte, lachte darüber, während meine Zimmergenossin halb erstickte. Ich wurde wütend und wollte mich schon von ihr verabschieden, obwohl sie sicher begeistert die ganze Nacht mit mir gefickt hätte. Ich war nicht mehr an ihr interessiert, trotz ihrer Einladung, die Nacht in ihrem Zimmer zu verbringen. Ich fand es widerlich, wenn jemand sich auf Kosten anderer amüsierte. Vollkommen geschmacklos. Vielleicht war ich wirklich ein echter Gentleman.

Ich ging zur Schlafzimmertür und

wollte anklopften, um eine gute Nacht zu wünschen, aber dann ließ ich die Hand wieder sinken. Bestimmt schlief sie längst und hatte einen Haufen Möbel vor die Tür geschoben und sich da drin verbarrikadiert. Ich konnte es ihr wirklich nicht vorwerfen.

Aber sie würde sicher wütend werden, wenn ich sie aufweckte. So viel hatte ich immerhin von ihrem feurigen Temperament bereits mitbekommen.

„Mist." Ich ging zum Sofa. Woher kam mein plötzlicher Stimmungswechsel? Irgendetwas an dieser Frau ohne Namen machte mich gleichzeitig wütend und neugierig. Im schwachen Licht des Kamins machte ich mich daran, das Sofa zum Bett umzufunktionieren. Immerhin musste ich nicht auf dem Fußboden schlafen.

Nachdem ich das Sofa ausgeklappt hatte, zog ich mich bis auf die Boxershorts aus, warf meine Klamotten auf den Stuhl und putzte mir am winzigen Ausguss bei der Bar die Zähne, anstatt ins Bad zu gehen. Ich verstand selbst nicht, warum ich so viel Wert darauf legte, sie nicht zu wecken.

Wir kannten einander nicht einmal.

Ich kehrte zurück zum Sofa, nahm die Decke und warf sie darauf. Hatte sie die hier abgelegt? Als Friedensangebot? Es war auch so warm genug im Zimmer, aber bis zum Morgen wären mir ansonsten vielleicht die Eier abgefroren, falls der Kamin automatisch nachts ausgeschaltet wurde. Insofern war ich ihr dankbar. Mit einem Seufzer ließ ich mich auf dem Bettsofa nieder.

Es gab ein Knirschen, dann ein lautes Plopp. Holz splitterte und ich krachte zu Boden. Die Mitte des Sofas hatte unter meinem Gewicht nachgegeben. „Was zur Hölle", murmelte ich und kämpfte mich mit rudernden Armen aus der Kuhle heraus, in der mein Hintern feststeckte.

Die Schlafzimmertür flog auf, sie kam heraus, mit einem Stiefel bewaffnet.

„Was machen Sie da? Ich versuche zu schlafen!"

„Ich stecke fest", grummelte ich und schob meinen Hintern ein Stück aus dem Loch heraus. „Das verdammte Ding ist zusammengebrochen."

Überrascht kicherte sie auf. Ach, sie fand das witzig, ja? Immerhin besaß sie so etwas wie Humor.

Aber ich warf ihr einen wütenden Blick zu. „Was soll das mit dem Stiefel? Wollen Sie mich zu Tode trampeln?"

„Ich dachte, meine Güte", sie kicherte noch lauter und versuchte, ihr Grinsen hinter einer Hand zu verstecken. „Ich dachte, jemand wäre eingebrochen. Ich hatte vergessen, dass Sie …"

„Offensichtlich nicht. Helfen Sie mir wenigstens hier raus."

„Um ehrlich zu sein, Sie da zappeln zu sehen, ist das Beste, was mir heute passiert ist."

Ich lachte. „Sie kommen wohl nicht oft vor die Tür, was?"

„Vielleicht sollte ich Sie da stecken

lassen, wie eine Schildkröte auf dem Rücken."

„Das wagen Sie nicht. So grausam sind Sie nicht. Oder doch?"

Schließlich kam sie mit einem verschmitzten Grinsen zu mir und reichte mir die Hand. Ich zog mich mit ihrer Hilfe aus dem Loch im Sofa. Wir standen einander gegenüber, unsere Körper waren sich plötzlich sehr nahe. „Man hätte doch annehmen sollen, dass ein solches Hotel bessere Möbel hat", sagte ich leise und genoss ihren Anblick aus der Nähe. Sie zog ihre Hand weg und betrachtete das Sofa genauer.

„Ich glaube nicht, dass das sonst jemand benutzt hat. Ist eher zur Zierde da", meinte sie, als sie den Schaden begutachtete. „Was haben Sie gemacht? Es als Trampolin benutzt?"

Sie hatte nicht ganz unrecht, das Ding war Schrott und musste ersetzt werden.

„Das könnte man annehmen, aber so war das nicht. Was zur Hölle machen wir denn jetzt?" Ich seufzte und fuhr mir mit der Hand durch das Haar. Dann sah ich sie fragend an. Sie biss sich auf die Lippe und wandte den Blick ab. Ihre Züge waren im schwachen Licht des Kaminfeuers erkennbar.

„Ich fürchte, dann müssen wir wohl zusammenrücken."

Erstaunt blickte ich sie an. „Wie bitte?"

Sie seufzte und musterte mich. „Ich meine, Sie können ja wohl kaum auf dem Fußboden schlafen. Und das Bett ist groß genug für uns beide, ohne dass wir einander auf die Pelle rücken. Sie können da schlafen."

„Danke", sagte ich verblüfft. „Ich weiß das wirklich zu schätzen. Aber ich möchte nicht, dass Sie sich unwohl fühlen. Ich rufe unten an. Vielleicht kann man ein Klappbett organisieren."

Sie winkte ab und lachte auf. „Es ist spät. Das können wir alles morgen klären. Wir sind doch beide erwachsen, nicht wahr?"

Richtig. So war das. Ich streckte ihr meine Hand entgegen. „Nick Lowry."

Sie nahm meine Hand, ihre Wärme durchströmte mich. „Angel Rose."

Ich ließ ihre Hand los und räusperte mich. „Endlich lernen wir uns kennen, Angel. Danke. Ich weiß, wir hatten uns das bei unserem Gewinn irgendwie anders vorgestellt."

„So läuft das in meinem Leben immer", seufzte sie und wandte den Blick erneut ab. „Ähm, würde es Ihnen etwas ausmachen, ein Hemd überzuziehen?"

Erst da fiel mir auf, dass ich nur Boxershorts trug. Sie hingegen steckte in einem Flanellpyjama. Dennoch wurde ich von ihrem Anblick erregt. Ich nickte.

„Schade, ich hatte gehofft, ich könnte mich nackig machen."

„Das kommt nicht infrage!", japste sie und wurde knallrot.

„Okay, ich behalte die Hose an. Ich ziehe mir etwas über." Ich schlief nicht gern mit etwas an, aber immerhin hatte sie mir erlaubt, das Bett mit ihr zu teilen.

Ich hätte meinen Ski-Anzug angezogen, wenn sie darauf bestünde.

Sie drehte sich um und verschwand im Schlafzimmer. Ich vergeudete keine Zeit und warf mir schnell ein T-Shirt über, in der Hoffnung, dass sie es sich nicht doch noch einmal anders überlegte.

Angel lag bereits im Bett und hatte die Decke bis zum Kinn hochgezogen, als ich das Zimmer betrat. In der Mitte des Bettes hatte sie jede Menge Kissen zu einer Mauer aufgetürmt. Sie war offenbar sehr entschlossen, dass jeder auf seiner Seite blieb.

Ich hatte nicht die Absicht, sie zu verärgern, also ging ich auf die andere Seite des Bettes und schlüpfte unter die Decke, ohne ihre Kissen-Mauer zum Einsturz zu bringen. Das Bett war herrlich bequem. Ich seufzte zufrieden und streckte meine Arme über den Kopf aus. Das war viel besser als das Sofa je hätte sein können.

„Himmel, ist das bequem."

Angel murmelte zustimmend, dann hüstelte sie, als müsse sie ihren Mut zusammennehmen, um etwas zu sagen. „Kann ich dich etwas fragen?"

Ihre Stimme klang sanft in der Dunkelheit und ich war neugierig, worauf sie hinaus wollte. „Klar, nur zu. Falls du wissen willst, ob ich schnarche, dann lautet die Antwort nein, tue ich nicht."

„Gut, aber das wollte ich nicht wissen. Würdest du, also, falls ich dich darum bitte, würdest du dann gehen?"

Ich kicherte. „Nein, auf keinen Fall. Das ist auch mein Zimmer. Außerdem habe ich den Eindruck, du möchtest in Wirklichkeit gar nicht, dass ich gehe."

Ich spürte, wie sich die Matratze bewegte. Sie drehte sich um.

„Wie kommst du zu dieser Erkenntnis?" Ihre Stimme klang ein wenig atemlos, verwirrt. Ich war mir sicher, dass ihr Flanellpyjama inzwischen feucht im Schritt war.

„Sonst hättest du mich wohl kaum in

dein Bett eingeladen. Du willst mich in deinem Bett, Angel. Das ist gewiss."

„Du bist von dir selbst ziemlich überzeugt."

„Dir passt es nur nicht, dass ich recht habe."

Sie schnaubte verächtlich und drehte sich um. Damit war unser Gespräch für heute beendet.

Ich verschränkte die Arme hinter dem Kopf und machte es mir bequem. Angel. Ihr Name passte so gar nicht zu ihrem Charakter. Ein Amateur würde das vielleicht denken. Oberflächlich betrachtet wirkte sie wohl unschuldig, aber hinter dem schüchternen Äußeren steckte ein Feuerwerk, das nur darauf wartete, entzündet zu werden. Ich schwor mir, das Feuerwerk zu entfachen, bevor die fünf Nächte vorbei waren. Angel würde darum betteln, mich zu reiten wie der Teufel, der ich war. Hier in diesem Bett.

5
ANGEL

Tag Zwei

Mir war wunderbar warm. Oh, und es war herrlich bequem. Sogar sehr. Seine Körperwärme drang durch meinen Pyjama in meine Haut und wärmte mich innerlich und äußerlich. Ich genoss das Gefühl seines Arms um meine Hüfte, die Art, wie ich mich an seine harte Brust kuschelte, den gleichmäßigen Herzschlag als Echo meines eigenen.

Ich wollte nie wieder weg.

Aber dann drängte etwas zunehmend gegen meinen Hintern. Tim hatte nie so einen mächtigen Steifen gehabt. Nicht morgens, überhaupt nie. Nicht so unglaublich groß. Moment mal. Tim kuschelte auch nie so. Er hatte immer behauptet, er bräuchte Platz für sich allein.

Ich riss die Augen auf und starrte auf eine mir unvertraute Wand. Die Bettwäsche war luxuriöser als meine eigene. Mir blieb die Luft weg, als mein Hirn endlich aufholte und mir klar wurde, wo ich war. Und mit wem.

Oh mein Gott. Das war gar nicht Tim. Das war der rotzfreche Bastard, mit ich gezwungen war, ein Hotelzimmer zu teilen, sogar das Bett! Und wo zur Hölle waren die ganzen Kissen geblieben, die ich zwischen uns aufgetürmt hatte?

„Mmm", machte Nick. Ich konnte seinen Atem nahe an meinem Ohr spüren. „Du bringst mich um mit deinem Gezappel. Hör auf damit oder ich sehe mich gezwungen, etwas zu unternehmen."

Ich war mir nicht sicher, ob er richtig wach war. Vielleicht dachte er, ich wäre jemand anderes. Ich wünschte mir, ich würde noch schlafen.

Es war jedoch nicht zu leugnen, dass es angenehm war, einen anderen Körper so eng an meinem zu spüren. Nicks bestes Stück drängte sich immer energischer an mich. Zwischen meinen Schenkeln begann es zu pulsieren. Ich wollte mehr. Brauchte mehr.

Was dachte ich denn da? Ich kannte den Kerl doch gar nicht. Und das letzte, was ich jetzt gebrauchen konnte, war eine wirre Affäre. Dieser Urlaub sollte für mich allein sein, damit ich meinen Kopf frei kriegen konnte. Ein Mann kam in diesem Plan überhaupt nicht vor. Spa-Besuche, Schokolade und faul sein, das war der Plan gewesen. Weiche jetzt nicht davon ab, Angel!

Aber gar so schlimm wäre das nun

auch wieder nicht, oder? Er war heiß und ich hatte Bedürfnisse.

Aber ich tat so etwas eigentlich nicht.

Ich erwog, kräftig nach ihm zu treten. Aber am Ende würde ich mir zu allem Überfluss eher den Fuß an seinen stahlharten Muskeln brechen. Stattdessen versuchte ich, seinen Arm von meiner Hüfte zu entfernen. Das Gefühl seines kräftigen Arms unter meinen Fingern ließ mich kurz innehalten. Nick trainierte ganz eindeutig.

Er murmelte etwas an meinem Ohr und ich hielt still. Die köstliche Wärme seines Atems ließ meinen Magen Purzelbäume schlagen. Wem wollte ich denn hier etwas vormachen? Eine ganze Turnerriege hatte sich in meinem Magen niedergelassen.

Wie lange war es her, seit Tim mich so im Arm gehalten hatte? Hatte er das überhaupt je getan?

Ich biss die Zähne zusammen. Nick war nicht Tim. Und ich würde nicht an ihn denken. Ich war schließlich hier, um ihn zu vergessen, nicht um ständig an ihn erinnert zu werden. Was wäre also besser, um ihn zu vergessen, als eine nette Urlaubsaffäre? Immerhin war er bereits in meinem Bett.

Meine Güte, Mädchen! Wie wäre es mit etwas Zurückhaltung? Ich würde nichts mit diesem Typen anfangen, egal wie sehr mein Körper es genoss, sich an ihn zu schmiegen. Nein, Angel. Tu es nicht.

Aber ich zögerte dennoch. Ich wollte mich bewegen, mit dem Hintern wackeln, ihn ermutigen, etwas zu unternehmen. Ich begehrte ihn, wollte, dass er aufwachte und mit den Händen über meinen Körper glitt, unter die Wäsche, und mit den Fingern in mich eindrang.

„Guten Morgen, Sonnenschein", flüsterte er. „Ich habe es dir doch gleich gesagt."

Ich konnte seiner Stimme anhören, dass er verschmitzt grinste. Das machte mich wütend. Er hatte ein Talent dafür, die Stimmung zu ruinieren.

„Weg von mir", sagte ich und stieß seinen Arm fort. Er zuckte zurück, als ich mich aufsetzte und dabei nur knapp mit der Hand sein Gesicht verfehlte.

„Was zur Hölle?", krächzte er, während ich aus dem Bett krabbelte und bis zur Wand zurückwich. Oh mein Gott, er war köstlich anzuschauen am Morgen. Das kurz geschorene Haar stand ihm wild vom Kopf, sein Schlafzimmerblick war wie warmer Kakao. Wieso nur verlangte alles in mir danach, wieder ins Bett zu steigen?

„Du hast, also, wir haben …"

Er rieb sich mit der Hand über das Gesicht, eindeutig bemüht, richtig wach zu werden. „Hör zu, ich habe geschlafen."

„Lügner."

„Okay, vielleicht bin ich in den letzten Sekunden schon halb wach geworden, aber mal ehrlich, du hast mich geradezu angebettelt mit deinem Rumgerutsche. Du hast mir deinen Hintern geradezu aufgedrängt. Du wolltest, dass ich dich vernasche, gib es zu."

Ich wusste, dass er recht hatte, aber das wollte ich ihm mit Sicherheit nicht auf die Nase binden. Ich verzog abfällig das Gesicht und schlang mir die Arme um den Oberkörper, um das Flattern im Magen angesichts der Erinnerung an seine Nähe zu unterbinden. Anstatt zu antworten, schob ich die Schmolllippe vor, flitzte ins Bad und verriegelte die Tür hinter mir.

Ich lehnte die Stirn gegen die Tür und stöhnte leise auf. Ich benahm mich wie ein verschrecktes Kaninchen.

Letzte Nacht hatte ich Mitleid mit ihm gehabt und ihm daher gestattet, in meinem Bett zu schlafen. Es war ja schließlich nicht seine Schuld, dass wir beide in dieser Lage waren. Aber das bedeutete doch nicht automatisch, dass ich mit ihm schlafen würde.

„Wieso kann er nicht grottenhässlich sein?", flüsterte er und wandte mich von der Tür ab. Das würde es so viel leichter machen, ihn zu ignorieren.

Eine halbe Stunde später verließ ich zögernd das Bad. Ich fühlte mich etwas besser gewappnet für den Tag. Ich musste Nick wegen vorhin nicht noch mehr Vorhaltungen machen. Er hatte recht mit seiner Annahme, aber das hieß nicht, dass zwischen uns etwas laufen würde.

Nick stand im Wohnzimmer, als ich hereinkam. Mit jedem Schritt wuchs meine Entschlossenheit und meine Zuversicht. Er zog gerade seinen Ski-Anzug an. Die Thermalunterwäsche ließ keine Zweifel an seinem muskulösen Körperbau.

„Guten Morgen", sagte er ein zweites Mal. Ein leichtes Grinsen zeigte sich auf seinem schönen Gesicht. „Ich hatte mich schon gefragt, ob du dich den ganzen Tag da drin verstecken willst. Ich beiße nicht, ehrlich. Es sei denn, du möchtest das."

Ich blickte ihn wütend an. „Vergiss es", zischte ich.

„Oh, jemand ist offenbar mit dem falschen Bein zuerst aufgestanden."

Ich atmete tief durch, zählte bis fünf und wartete, ob noch mehr kommen würde, vielleicht eine schlüpfrige Bemerkung, dass wir hätten im Bett bleiben sollen. Wahrscheinlich wäre meine Stimmung viel besser, wenn ich mir gestattet hätte, mich zu entspannen und die Lage auszunutzen. Aber nein, ich musste ein Drama draus machen, dass ich den heißesten Typen der Welt in meinem Bett hatte.

„Tut mir leid", grummelte ich, während ich mein Haar zu einem Zopf zusammenband. „Gehst du auf die Piste?"

Er nickte und streckte die Arme über den Kopf. Sein Hemd rutschte hoch und gewährte mir einen Blick auf seinen Waschbrettbauch. Ich blickte schnell weg, bevor er mich beim Starren erwischte. „Du nicht?"

Ich sah ihm ins Gesicht. Ich konnte

nicht Skifahren und wollte mich bestimmt nicht zum Gespött machen, indem ich ständig kopfüber im Schnee steckte. Nein, ich hatte vor, es mir mit einem spannenden Buch in der Lobby vor dem Kamin gemütlich zu machen. Vor allem wollte ich jeglichen Gedanken an ihn aus meinem Kopf verbannen.

Allerdings wollte ich vor ihm auch keine Schwäche zeigen. Sein Blick war eine eindeutige Herausforderung.

„Klar doch, ich wollte gerade meine Sachen holen."

Er musterte mein Outfit, eine süße Leggings und ein warmer Pullover, und kicherte. „Sicher? Du bist wahrlich nicht gerade passend dafür angezogen. Ich kann dir gerne zeigen, was man dafür braucht, wenn du möchtest."

Ich verschränkte die Arme vor der Brust. „Ich sagte doch, ich wollte gerade meine Sachen holen, oder etwas nicht?"

Er hob abwehrend die Hände. „Hey, okay, kein Grund, so aggressiv zu werden. Ich gehe nach unten und schaue, ob ich eine passende Ausrüstung für dich finde, wenn du willst. Vorausgesetzt, du hast nichts gegen ein wenig Gesellschaft."

Ich nickte und wartete, bis er das Zimmer verlassen hatte, dann rieb ich mir mit den Händen über das Gesicht.

Was hatte ich mir nur dabei gedacht? Ich konnte nicht Skifahren, erst recht nicht vor seinen Augen. Ich hatte noch nie auf einer Piste gestanden und er wirkte wie ein Profi.

„Bekloppte Art, das Leben zu riskieren, Angel. Oder noch schlimmer, dich zum Affen zu machen", murmelte ich und kehrte zurück ins Schlafzimmer, um mir etwas anderes anzuziehen, das eher geeignet war für einen Tag im Schnee. So schwer konnte das doch eigentlich gar nicht sein. Alle taten es doch. Ich sollte das also auch hinkriegen.

6

NICK

Sie hatte gelogen. Ich sah, wie sie zum wiederholten Male auf ihrer Unterlippe kaute und die Hände um den Sitz des quietschenden Sessellifts krampfte, der uns auf den Berg hinaufbrachte. Sie sah eindeutig nicht so aus wie jemand, der sich darauf freute, auf Skiern nach unten zu fahren.

Nein, sie sah panisch aus.

Es war lustig gewesen, zuzuschauen, wie ihr die Skier angepasst wurden und sie sich beinahe auf den Hintern gesetzt hätte, als der Angestellte sie bat, sich richtig hinzustellen. Ohne mein schnelles Eingreifen wäre sie umgefallen.

Irgendwie hatte sie es dann bis in den Lift geschafft, aber es war offensichtlich, dass sie beim Abspringen versagen würde.

„Bist du schon oft Ski gelaufen?", fragte ich betont unschuldig.

„A-aber sicher", sagte sie mit zitternder Stimme. „Total oft."

„Ich mag am liebsten die Black-Diamond-Pisten", sagte ich beiläufig, um sie zu testen. „Welche magst du?"

„Ähm, ja, auch die." Sie war in die Falle getappt. Das waren die schwierigsten Pisten, die es gab.

Ich kicherte, als wir uns der Absprungstelle näherten, und machte meine Skistöcke bereit. „Da wären wir. Sieht nach einer hervorragenden Abfahrt aus."

Angel machte nach, was ich tat, und schaffte es irgendwie aus dem Lift, ohne dass es zu einem Unfall kam. Aber sobald wir standen, fing sie an zu fluchen.

Ihre Skier zeigten nach innen und sie rang um ihr Gleichgewicht.

„Brauchst du Hilfe?" Ich stand nur wenige Schritte entfernt von ihr.

„Geht schon", erwiderte sie mürrisch, machte aber immer genau das Falsche, um vorwärts zu kommen. „Es ist schon eine Weile her. Lass mir einen Moment Zeit."

Ich nahm an, dass sie überhaupt noch nie auf Skiern gestanden hatte, aber ich sagte nichts. Nach dem Debakel heute Morgen wollte ich nicht schon wieder zum Angriffsziel werden. Obwohl ich zugeben musste, dass es sich gut angefühlt hatte, wie sie sich an mich gepresst und mit dem Hintern gewackelt hatte. Ich hatte alle Mühe, meinen Steifen zu bezähmen, sobald sie im Bad verschwunden war.

Wir fuhren langsam hinunter, entlang der Markierungen, und ich achtete darauf, mich immer an ihrer Seite zu halten, während sie herumeierte wie ein neugeborenes Rehkitz. Wir hatten zwei

Möglichkeiten, die sichere und einfache Abfahrt auf der rechten Seite oder die für Fortgeschrittene links. Ich wandte mich nach links und fragte mich, ob sie den Köder schlucken würde. Wie weit wollte sie die Scharade denn noch treiben?

„Achte auf deine Skistöcke, damit sie nicht bei der Abfahrt im Schnee steckenbleiben und du sie verlierst."

„Wofür sind die denn sonst da?", grummelte sie, was mich triumphierend grinsen ließ.

„Zum Wenden", sagte ich und deutete auf die Bäume in der Ferne. „Damit du nicht wie ein Stück Fleisch aufgespießt wirst. Es sei denn, du magst Kebab?"

Sie blickte auf und schluckte sichtlich. „Das habe ich gewusst."

„Na dann."

Sie war ziemlich sturköpfig und machte nicht den Eindruck, als wollte sie aufgeben. Sie würde doch nicht wirklich versuchen, die Piste herunterzufahren?

„Bist du bereit für die Abfahrt? Es ist ein langer Weg nach unten."

Angel holte tief Luft und atmete aus, dann drückte sie sich ab, bevor ich es verhindern konnte, und fuhr nach links, nicht gerade langsam.

Sie quiekte auf und ich eilte ihr nach, als ich ihre panischen Bewegungen sah. Sie würde sich umbringen bei dem Versuch, den Abhang runterzufahren. Bevor Schlimmeres passieren konnte, warf ich mich von hinten gegen sie, sodass sie in den frischen Schnee am Rand der Piste stürzte.

„Was soll das?", fragte sie, als ich auf ihr landete. Schnee klebte überall an uns.

Ich blickte in ihre Augen und spürte Wut in mir aufsteigen. „Du blöder Idiot. Du kannst nicht einmal Skifahren! Hattest du vor, dich umzubringen?"

Ihre Wangen bebten, dann blickte sie

weg. „Wer sagt denn, dass ich das nicht kann?"

„Ich! Was hast du dir bloß dabei gedacht?"

„Na schön, ich kann nicht Skifahren."

„Als ob ich das nicht längst wüsste." Ich atmete geräuschvoll aus und musste lachen, als sie ihre Skimütze zurückschob. „Hattest du wirklich vor, die Piste runterzufahren?"

„Ich bin immerhin bis hierhin gekommen", meinte sie, Frustration im Blick, aber ein Lächeln auf ihren rosigen Lippen. „Ich dachte, ich kriege das hin. Sieht eigentlich nicht so schwierig aus."

Ich lachte erneut auf. „Nicht so schwierig? Du bist ja verrückt. Man kann nicht einfach mal eben so einen Berghang hinunterfahren. Du bist die Erste, die meint, dass das mal eben so ginge."

Sie spitzte die Lippen und ich war hingerissen von ihrer natürlichen Schönheit und dem hellen Blau ihrer Augen. Trotz der vielen Schichten Kleidung, die ich trug, spürte ich dennoch die Erregung in meinem Schwanz, der sich gegen die Thermalunterwäsche drängte. Mist. Was war nur an dieser Frau, dass ich sie so dringend wollte?

„Nun", sagte sie schließlich mit einem kurzen Lachen. „Dann weißt du jetzt immerhin, dass ich bluffen kann."

„Das kannst du", erwiderte ich sehnsüchtig und blickte erneut auf ihre Lippen.

Ich müsste mich nur vorbeugen und sie würde mir gehören.

„Ich halte dich vom Skifahren ab. Du solltest losfahren, ich komme schon irgendwie nach unten."

Ich schüttelte den Kopf, drückte mich aus dem Schnee hoch, zog meine Skier aus und reichte ihr eine Hand.

„Ich lasse dich nicht hier oben allein zurück. Komm, ich helfe dir auf."

Sie nahm meine behandschuhte Hand und ich half ihr auf die Beine. Aber ihre Skier verhedderten sich und sie taumelte gegen mich. Wir stürzten erneut in den Schnee. Ihr Lachen klingelte in meinen Ohren und ich spürte das Gewicht ihres Körpers auf meinem.

„Tut mir leid", sagte sie, ein wenig außer Atem. „Du hattest recht, ich habe keine Ahnung davon."

Ich blickte zu ihr auf. Die Nässe, die in meine Kleidung drang, war mir vollkommen egal, auch wenn ich mir den Hintern abfrieren würde. „So habe ich das nicht gesagt. Aber ich bin froh, dass du es endlich zugibst. Du brauchst einfach Unterricht."

Sie grinste und ich spürte, wie sich meine Brust verengte. Ich wollte sie so dringend küssen. Ich wollte ihre frostigen, roten Lippen auf meinen spüren, wollte hören, wie sie unter meinen Berührungen aufkeuchte. Was war nur los mit mir?

„Ich kann zugeben, wenn ich besiegt wurde. Ich kann nicht mehr. Es ist nicht einmal mehr zum Lachen. Diese Beine sind nicht fürs Skifahren geeignet. Ich bin so ungeschickt, dass es nur mit Mühe zum Gehen reicht."

Nein, dachte ich. Ihre Beine waren vor allem dazu geeignet, sich um meine Hüfte zu klammern, während ich tief in sie eindrang und meinen Saft hart und schnell in sie spritzte.

Ich ignorierte die Hitze, die sich in mir ausbreitete, und die Bilder in meinem Kopf, dann grinste ich sie an.

„Lass uns deine Tapferkeit mit einer heißen Schokolade feiern, danach gehen wir etwas essen. Und morgen zeige ich dir ein paar Bewegungen. Ich bringe es dir bei."

„Aber..."

„Kein aber. Ich mache in den paar Tagen eine Skifahrerin aus dir."

Wir saßen hier noch für weitere drei Tage miteinander fest und ich hatte die Absicht, das zu genießen. Erst recht diese entstehende Bindung zwischen uns.

Ihre Augen weiteten sich und sie versuchte, von mir runterzusteigen, wobei ihr Knie nur knapp mein steifes Gemächt verfehlte. „Ich ... ähm."

Ich stand auf und half ihr, aus den Skiern zu steigen.

„Das wird Spaß machen. Es sei denn, du hast andere Pläne? Sag mir nicht, dass du noch einen anderen Mann irgendwo in dem Hotelzimmer versteckt hast, der dich zum Essen ausführen will?"

Sie wandte ihren Blick ab und ich konnte sehen, dass sie mit der Antwort rang. Ich wollte nur noch mehr über sie wissen.

„Na gut, aber nur Abendessen."

„Nur Abendessen", wiederholte ich, während ich längst überlegte, wie ich sie in mein Bett kriegen konnte. Unser Bett, besser gesagt. Himmel, ich hätte sie gleich hier vor Ort genommen, wenn sie mich gelassen hätte, aber ihr misstrauischer Blick besagte, dass sie mich wahrscheinlich den Berghang runterschubsen würde, wenn ich zu forsch wurde. Wie auch immer, ich würde sie bekommen. Ich würde dem körperlichen Verlangen nachgeben, das mich derzeit beherrschte. Der Captain hatte das Kommando, ich war machtlos dagegen. Aber wir wollten beide dasselbe: uns tief in ihrem Körper vergraben.

Ich würde nicht nachgeben, bis sie mein perfektes, kleines Engelchen war.

7
ANGEL

Was in aller Welt dachte ich mir nur dabei?

Ich stand vor dem Spiegel und lockerte mein Haar auf, während ich ernsthaft erwog, Nick zu sagen, dass ich das nicht tun konnte. Er würde wahrscheinlich lachen und sagen, dass es doch nur ein Abendessen war. Der Mensch musste doch essen. Aber natürlich war das Essen nicht das, was mir Sorgen bereitete. Er hatte den ganzen Tag mit mir geflirtet, nachdem wir den Ausflug in den Schnee hinter uns hatten. Er half mir mit den Skiern, holte mir heiße Schokolade. Ganz abgesehen von der Morgenlatte im Bett. Und meine schmutzigen Gedanken gingen soweit zu vermuten, dass Abendessen nicht nur Abendessen bedeuten mochte. Es gab sicher noch Hintergedanken dabei.

Ich musste wieder daran denken, wie Tim im Restaurant mit mir Schluss gemacht hatte. Aber Nick war nicht Tim, ermahnte ich mich. Ich kannte ihn im Grunde gar nicht. Sicher, wir hatten ganz unschuldig eine Nacht miteinander verbracht, aber mehr auch nicht. Ich wusste nicht, wo er lebte oder womit er sein Geld verdiente. Ich wusste nur, dass er sich über die Lippen geleckt hatte, als er mich zum Essen einlud. Und er trug zum Schlafen nicht gern Boxershorts. Und wenn meine Reaktion, ein pochendes Herz und ein pulsierender Unterleib, ein eindeutiger Hinweis war, dann würde es nicht nur bei einer Einladung zum Essen bleiben.

Es würde eine Nachspeise geben, Kaffee, wir würden ins Zimmer zurückkehren und ... meine Güte, war ich wirklich bereit, mich darauf einzulassen, egal wohin es führen mochte?

Angesichts der erregten Spannung zwischen uns hatte ich eine recht genaue Vorstellung, wohin es führen konnte. Normalerweise hielt ich nichts von One-Night-Stands, aber könnte ich hier tatsächlich eine Ausnahme machen? Was, wenn es ein Desaster wurde? Das konnte furchtbar peinlich werden.

Ein Teil von mir rief: Was, wenn es nicht in einer Katastrophe mündet? Was, wenn diese Nacht genau das ist, wonach ich mich sehne? Feuerwerk und Explosionen mit Zugaben, von denen ich noch tagelang etwas hätte?

Meine eigene schmutzige Valentinswoche. Ich erschauerte vor Lust. Nein, das ging nicht. „Du bist erwachsen, Angel. Du kannst tun und lassen, was du willst", murmelte ich und musterte mein Spiegelbild ein letztes Mal. Erwachsene hatten ständig beiläufigen Sex. Aber nur weil ich gerade aus einer Beziehung kam, hieß das nicht, dass ich Sex zum Trost haben wollte.

Aber falls doch, was wäre so schlimm daran?

Wie auch immer, ich musste mich ja nicht gleich hier und jetzt entscheiden. Ich konnte spontan reagieren.

Es war immerhin denkbar, dass es wirklich nur ein unschuldiges Abendessen bleiben würde und mir gerade bloß die eigene Phantasie durchging. Ich dachte viel zu viel nach.

Kopfschüttelnd verließ ich das Bad und betrat das Schlafzimmer.

Unsicher, was ich anziehen sollte, hatte ich mich für etwas Solides entschieden, ein schwarzes Kleid, das fast bis zu den Knien reichte und rote Pumps, die zu meinem verwegenen Lippenstift passten. Als ich meinen Koffer gepackt hatte, war ich mir nicht einmal sicher gewesen, warum ich diese Sachen eingepackt hatte, aber nun war ich doch froh darüber, angesichts meines Dates.

Es war kein Date, ermahnte ich mich. Wir waren lediglich zwei Erwachsene in einer ungewöhnlichen Situation, die höflich miteinander umgingen und gemeinsam zu Abend aßen.

Nick hatte mir den Rücken zugewandt, als ich das Wohnzimmer betrat. Seine Rückseite war ein schöner Anblick. Er trug eine dunkle Hose und ein blaues Hemd. Was hatte ich getan, dass dieser Mann auf mich aufmerksam geworden war? Er war einfach nicht meine Liga. Ich unterdrückte ein sehnsuchtsvolles Seufzen. Aber heute Abend konnte ich einfach so tun, als wäre er mein Date, mein Valentin.

Immerhin war es so, dass wir uns nach diesem Urlaub nie wiedersehen würden, ich konnte also eigentlich tun, was auch immer ich wollte.

Meine teuflische Seite erwachte. Und die war heiß auf ihn.

Der Gedanke war erschreckend und befreiend gleichzeitig.

„Hey", sagte er und drehte sich zu mir um. Sein Mund klappte auf, als er mich anblickte. „Wow, du siehst ... wow."

„Danke", erwiderte ich und atmete tief durch. „Fertig?"

„Ja, Ma'am." Er grinste, bot mir seinen Arm an und gemeinsam gingen wir hinaus auf den Flur und hinunter zur Bar in der ersten Etage. „Möchtest du vorher einen Drink oder zwei?"

Alles war mir recht, was meine Nerven beruhigte, daher nickte ich. „Klar. Klingt gut. Aber keine Cocktails."

„Was hast du denn dagegen? Oh, warte, da war was. Sorry, hatte ich vergessen. Also Bier und Kurze." Er lachte und legte seine Hand auf meinen Steiß, um mich in die richtige Richtung zu dirigieren.

Ich biss mir auf die Lippen, als die Wärme seiner Hand mir durch den Stoff des Kleides bis in die Haut drang. Mein Körper war sofort in Alarmbereitschaft, wie ein Wachhund, der die Ohren spitzte. Himmel, ich wollte mich nur zu gern auf ihn stürzen. Wie würden sich seine Berührungen wohl anfühlen? Sensationell, vermutete ich. Dachte ich das wirklich gerade?

Er dirigierte uns zur Bar und bestellte zwei Bier, dann sah er mich an. „Also, Angel, ich habe das Gefühl, wir haben ein paar Schritte übersprungen. Du hast mich zwar schon in deinem Bett, aber ich habe keine Ahnung, wer du bist und was du so machst."

Ich legte meine Handtasche auf den Tresen. „Ich könnte dasselbe über dich sagen, Nicholas. Oder ist es einfach Nick? Irgendwie hat diese Ungewissheit auch seinen Reiz."

„Ach, findest du, ja? Und im Übrigen nennt nur meine Mutter mich Nicholas."

Ich nickte und blickte schüchtern zu ihm auf. „Du könntest sonst wer sein. Ich meine, ich könnte so tun, als wärst du ein Astronaut oder ein Spion oder ein Bodyguard."

„Bodyguards machen dich an, ja? Siehst du etwas von Kevin Costner in mir?"

„Das habe ich nicht gesagt." Sofort wurde ich rot. „Ich meinte bloß, ... ach, vergiss es."

„Nein, ich verstehe schon." Sein Blick wanderte über meinen ganzen Körper. „Mit den Schuhen siehst du aus wie eine knallharte Geschäftsfrau, die Firmen kurz vor der Pleite aufkauft und sie dann stückweise verkauft. Oder wie eine erfolgreiche Anwältin. Deine Mandanten würden dich anbetteln, von dir so richtig bestraft zu werden."

Ich schnaubte. „Ich muss mich korrigieren. Mit solchen Gedanken gehörst du eher in die Gosse."

„Mag sein, aber du lächelst. So schlimm kann es also nicht sein, was ich gesagt habe."

„Tja, so richtig aufregend ist die Realität aber dann nicht. Ich bin lediglich eine Assistentin in einer Anwaltskanzlei.

Und was ist mit dir? War ich wenigstens nah dran?"

„Schon irgendwie, aber du darfst es niemandem sagen, es ist streng geheim."

„Was?", fragte ich ein wenig atemlos.

Er beugte sich vor. „Ich werde in einigen Tagen die Erde verlasen, wir müssen also das Beste machen aus der Zeit, die uns bleibt."

„Du bist ein Astronaut?", japste ich. Er lachte, in seinen Augen blitzte der Schalk. Ich schüttelte den Kopf und blickte ihn tadelnd an. „Du bist unmöglich!"

„Und du bist zu leichtgläubig", erwiderte er liebenswürdig, ohne eine Spur von Boshaftigkeit.

„Oder zu vertrauensselig."

Er zuckte mit den Achseln. „Mag sein. Aber von mir hast du nichts zu befürchten, Angel. Das verspreche ich dir."

„Ich werde es mir merken. Also, sag schon, was machst du denn nun wirklich?"

„Die Wahrheit?"

"Ich bitte darum."

Er kicherte. "Okay. Ich habe gerade erst mein eigenes Sicherheitsunternehmen aufgemacht." Wir bekamen unser Bier gebracht und bedanken uns bei dem Barkeeper.

Ich hob mein Glas an und grinste. "Auf zu neuen Ufern."

"Genau und auf Gratis-Urlaube." Wir stießen an und tranken einen Schluck. "Ich war vorher in der Armee."

Das erklärte immerhin seine Fitness und das Tattoo, das mir an seinem Arm aufgefallen war, als er vorhin aus der Dusche gekommen war. "Das war wohl nicht aufregend genug für dich? Nicht genug Barbies für den G.I. Joe?"

Er lachte auf und ich spürte es noch bis in meine Zehenspitzen. "Nein, so war das nicht. Es war einfach an der Zeit, etwas Neues anzufangen. Für mich und meine Familie. Ich habe die Firma mit meinen Brüdern gemeinsam eröffnet. Wir hatten immer davon geträumt, aber bisher hatte es sich nie ergeben. Unser

Vater hat uns ermutigt, es zu versuchen, aber irgendwie wurde nie etwas draus. Dann ist er gestorben und alles war auf einmal anders. Wir hatten zu viel Zeit damit vergeudet, Angst vor dem Schritt zu haben."

„Tut mir leid, das mit deinem Dad."

Er nickte und lächelte schwach. „Danke, ist schon gut."

Ich trank mein Bier. Das vertrug ich viel besser als das Zeug gestern. Ich überlegte, wie ich ihn erneut zum Lächeln bringen konnte. „Hast du eine große Familie? Eine Frau? Kinder? Ein Haus mit Gartenzaun drum herum?"

„Wärst du enttäuscht, wenn es so wäre?"

„Ich stelle doch nur Fragen, Nicholas."

„Aha", meinte er und glaubte mir offenbar nicht. „Keine bessere Hälfte, keine Teppichratten. Aber ein dickes Ja zu einer großen, nervigen Familie. Und ich würde sie für nichts auf der Welt eintauschen wollen. Sie waren nicht gerade erfreut, dass ich diese Woche nicht da sein konnte, wir haben einen neuen Vertrag abgeschlossen. Aber ich brauchte etwas Zeit für mich und es wäre doch dumm gewesen, auf einen kostenlosen Urlaub zu verzichten, nicht wahr?" Er zwinkerte mir zu.

Ich spürte einen Hauch von Eifersucht, als ich die Freude in seiner Stimme hörte, wenn er von seiner Familie sprach. Er mochte behaupten, dass sie anstrengend war, aber da steckte auch viel Liebe drin. Für einen Moment wünschte ich mir, auch jemanden in dieser Welt zu haben. Meine Eltern lebten nicht mehr, sie starben, als ich noch sehr jung war. Eine Tante hatte mich aufgezogen, die inzwischen aber auch das Zeitliche gesegnet hatte. Bis vor kurzem hatte ich nur Tim gehabt und der war nun auch weg.

„Was ist mit dir? Du siehst aus, als würde dir ein Haus mit Gartenzaun zusagen."

Ich schüttelte den Kopf. „Nein, kein Gartenzaun und keine Menschenseele."

„Im Ernst?"

„Im Ernst. Nicht mal eine Katze." Ich erzählte ihm meine Familiengeschichte. Er war ein guter Zuhörer, nicht wie Tim, der ständig unterbrach, um mir zu sagen, dass es schon wieder besser werden würde irgendwann. Falsche Plattitüden, die mich nur genervt hatten. Aber Nick wirkte aufrichtig.

Schließlich hob er sein Glas an. „Auf neue Freunde."

Er musterte mich mit sanftem, freundlichem Blick und stieß mit mir an. Ich wusste, er wollte nur nett sein, aber seine Worte und sein Lächeln bedeuteten mir dennoch sehr viel. Er hatte es sicher nur so gesagt, denn wir würden uns nach diesem Urlaub ja sowieso nie wieder begegnen. Trotzdem war es nett von ihm.

„Man gewöhnt sich dran."

Nick sah mich an. Ich mochte das Mitleid in seinen Augen nicht. Genauso hatte Tim mich auch angeschaut, als ich ihm das erste Mal von meiner Familie erzählt hatte.

„Bitte sieh mich nicht so an. Du musst kein Mitleid mit mir haben."

„Tut mir leid", sagte er automatisch. „Ich wollte dir nicht zu nahe treten. Und das dachte ich auch gar nicht. Ich dachte eher daran, wie umwerfend du bist."

Ich lachte und stellte mein Glas auf dem Tresen ab. „Wow, das ist mal ein Spruch zum Aufreißen. Etwas lahm, würde ich sagen. Außerdem kennst du mich doch gar nicht, Nick."

Er grinste und mir fielen zum ersten Mal die kleinen Grübchen bei den Mundwinkeln auf. Mein Gott, konnte er noch heißer sein?

„Es war nicht als Anmache gedacht, ich schwöre es. Es war nur die reine Wahrheit, nichts als die Wahrheit."

„Wer's glaubt."

„Nein, wirklich. Du wolltest heute vom Berg abfahren, ohne jemals Skifahren gelernt zu haben. Und nun erfahre ich, dass du nicht nur mutig, sondern auch stark bist. Mehr muss ich gar nicht wissen, das reicht schon. Ich bleibe bei meiner Behauptung, du bist umwerfend. Vielleicht ein bisschen irre, aber dennoch sehr beeindruckend. Das heißt aber nicht, dass ich nicht dennoch mehr wissen will."

Ich wurde rot und fummelte verlegen an meinem Armband herum. „Nun, besten Dank, nehme ich an. Du hast sicher recht, was das irre angeht. Ich kann nicht fassen, was ich da heute beinahe getan hätte. Aber nun kennst du immerhin mein dunkelstes Geheimnis."

Er zog fragend eine Augenbraue hoch. „Und was soll das sein?"

„Ich kann nicht Skilaufen."

Nick legte den Kopf zurück und lachte lauthals, sodass sich einige andere Gäste zu uns umdrehten. „In dem Punkt hast du auf jeden Fall recht. Du hättest dich heute umbringen können."

„Nun, zum Glück warst du ja da, um es zu verhindern."

„Ganz recht." Er beugte sich vor und berührte meine Wange. Die unerwartete Geste ließ mir einen Schauer über den Rücken laufen. „Und das wäre doch zu arg gewesen. Ich hätte meinen bevorzugten Bettwärmer verloren." Seine Stimme war nur ein Flüstern nahe an meinem Ohr.

Ich lehnte mich zurück, um in seine warmen Augen zu schauen. Das Verlangen nach ihm war zu groß, so lief das nicht. Es war zu riskant. Ich war keine Frau für beiläufigen Sex.

Oder vielleicht doch? Ich wollte es in diesem Moment so dringend. Es war so lange her, seit ein Typ mal auf mich gestanden hatte. Mir blieben zwei Möglichkeiten. Ich konnte dagegen ankämpfen oder ich konnte mich ein zweites Mal an diesem Tag kopfüber reinstürzen.

Ohne weiter drüber nachzudenken, rannte ich zur Klippe und sprang. Meine Lippen trafen auf seine.

Für einen winzigen Moment spürte

ich seinen Schock und kam mir vor wie ein Idiot. Ich hatte mich total verschätzt. Was zur Hölle tat ich hier eigentlich?

Aber dann legte er eine Hand in meinen Nacken und zog mich an sich. Da wusste ich, es war kein Fehler gewesen.

„Vielleicht sollten wir das Essen ausfallen lassen?", hauchte er.

8

NICK

Verdammt. Kurz vorm Ziel abgefangen. Ich hatte die volle Absicht, sie zu küssen, aber sie war mir im letzten Moment einfach zuvorgekommen.

Dennoch betrachtete ich es als Sieg meinerseits, denn immerhin küsste Angel mich. Das hieß, sie war willig. Und wer wollte ihr das vorwerfen? Ich war ein guter Fang. Und es war immerhin Valentinstag, mehr oder weniger.

Im ersten Moment konnte ich nicht richtig erfassen, dass sie den ersten

Schritt gemacht hatte, erst recht, da ich den ganzen Tag daran gedacht hatte, genau das zu tun.

Aber sie war mir zuvorgekommen und nun bekam ich einen ersten Vorgeschmack auf ihre zarten Lippen, ihr Zögern, Suchen, Abwarten. Dann seufzte sie leise. Ich zog sie enger an mich und übernahm die Führung, verschlang ihren Mund beinahe mit meinem, vergrub meine Finger in ihrem Haar, bis sie erneut aufseufzte. Himmel, ja. Genau das wollte ich.

Nein, ich wollte noch mehr.

Ich beendete den Kuss und blickte ihr in die Augen. „Du hast genau eine Chance, dich oben im Schlafzimmer zu verbarrikadieren."

Ihre Augen weiteten sich und ich war froh, darin dasselbe Feuer zu sehen, das meinen ganzen Körper in Brand gesetzt hatte. „Und was, wenn nicht?"

Das war Musik in meinen Ohren. „Dann werde ich heute Nacht jeden Zentimeter deines Körpers küssen. Und du wirst meinen Namen stöhnen, bevor ich damit fertig bin."

Eine leichte Röte kroch über ihre Wangen, als sie nach ihrem Bier griff und es in einem Zug austrank, als müsse sie sich Mut antrinken. Ich würde ihr ein ganzes Fass besorgen, wenn das bedeutete, ich bekam sie heute Nacht. Sie stellte das Glas ab und blickte mir in die Augen.

„Aber du hast einen Tisch reserviert."

„Wir können das auf morgen verschieben. Ich würde lieber von dir kosten."

Sie blinzelte und leckte sich über die Lippen. Sie war unsicher. Ein schüchternes, kleines Ding, das ich aus ihrem Schneckenhaus herauslocken musste. Es brachte mir nichts, die Dinge zu überstürzen, egal wie verrückt ich nach ihr war.

„Aber wir können zuerst etwas essen, wenn du möchtest. Ich sterbe vor Hunger." Es war besser, den Druck ein wenig herauszunehmen.

Sie nickte und lächelte mich dankbar an. „Klingt gut. Ich habe mich schließlich nicht umsonst so aufgebrezelt."

„Ganz recht. Es wäre eine Schande, das Kleid so zu verschwenden. Aber Angel, ich verspreche dir, am Ende des Abends wird es auf dem Boden liegen."

Ihr Mund klappte auf, ihre Brust hob und senkte sich heftig, aber Worte wollten nicht kommen.

Kurz darauf wurden wir an einen stillen Tisch im Restaurant des Hotels geführt. Man hatte sich ganz darauf eingestellt, Paare zu bedienen. Es gab kleine, intime Tische, auf die kaum das Essen passen würde. Aber der Vorteil davon war, dass sie beinahe auf meinem Schoß saß. Ich musste mich sehr zusammenreißen, um meine Hand nicht auf ihren Oberschenkel zu legen oder damit an ihrem Bein auf und ab zu gleiten.

„Nick, hast du dich entschieden, was du bestellen möchtest?"

Mein Kopf zuckte hoch. Angel blickte mich irritiert an. Der Kellner am Tisch grinste, als wüsste er genau, was ich gerade gedacht hatte.

Ich war beinahe überrascht, dass er nicht vielsagend mit den Augenbrauen spielte und mich anfeuerte. Wie auch immer, sein Blick huschte zu Angels Schenkel und verharrte viel zu lange auf dem hochgerutschten Saum. Ich hob die Speisekarte an, um ihm den Blick zu versperren, während sie instinktiv versuchte, das Kleid wieder in die richtige Position zu bringen.

Ich schnippte mit den Fingern, auch wenn das unhöflich war. Der Kopf des Kellners ruckte hoch. Augen zu mir, mein Bester, wollte ich am liebsten sagen.

„Die Dame zuerst", sagte ich stattdessen. Angel verzog den Mund und bestellte. Steak. Ich musste grinsen. Ich bestellte das Gleiche und wir waren endlich wieder allein.

„Was gibt es zu grinsen?"

„Du hast eine gute Wahl getroffen."

„Du redest vom Steak?"

Ich nickte, beugte mich zu ihr flüsterte: „Ja, denn du wirst das Eisen im Fleisch brauchen, bei dem, was ich mit dir vorhabe."

„Nick!", keuchte sie und versteckte sich hinter ihrer Serviette.

„Was denn?"

„Du kannst doch nicht solche Sachen zu mir sagen."

„Wieso denn nicht?"

Sie schürzte die Lippen und runzelte die Stirn. „Weil wir uns doch kaum kennen."

„Wir könnten so tun, als kennen wir uns."

Ich war schon wieder hart. Die Sorgenfalte auf ihrer Stirn war wieder da, aber sie beugte sich interessiert ein bisschen vor.

„Was, wenn wir für die nächsten

paar Tage so tun, als würden wir uns schon ewig kennen. Ich kann alles sein, was du willst. Und du bist, was ich möchte?"

„Kapiere ich nicht."

„Das ist gelogen. Sei nicht so schüchtern. Du bist eigentlich gar nicht schüchtern, Angel."

„Ich ... wer soll ich denn sein für dich?"

Ich wartete ein wenig mit meiner Antwort, ließ sie zappeln, um sicherzustellen, dass ich ihre volle Aufmerksamkeit hatte. Unsere Blicken hielten einander gefangen, ohne zu schwanken.

„Ich möchte, dass du mein Valentinchen bist."

Sie schnappte hörbar nach Luft und ihre süßen Titten bebten heftig auf und ab. Ich verlangte so sehr danach, sie heftig atmen zu sehen, nach Luft zu schnappen, während ich sie auf jede nur erdenkliche Art nahm.

Ich hielt ihr eine Rose hin, die ich vom Nachbartisch geklaut hatte, als sie mit der Speisekarte beschäftigt war. Ihre Augen weiteten sich und sie griff danach. Dann steckte sie ihre Nase in die rosa Blüte und atmete den Duft tief ein.

„Vier. Wir haben noch vier Nächte zur Verfügung."

„Mein Gott."

„Lass uns alles rausholen. Sei die Meine und ich sorge dafür, dass du dieses Valentinsfest nie mehr vergisst."

Sie nagte an ihrer Unterlippe und schnupperte erneut an der Rose. Sie ließ sie los und die Blume fiel ihr in den Schoß. Sie griff danach, aber ich kam ihr zuvor, meine Finger glitten dabei über ihren Schenkel. Ich konnte nicht anders, sie hielt mich auch nicht auf, sodass ich den Saum des Kleides ein Stück höher zog. Die Blüten der Rose strichen dabei über ihre nackte Haut und sie atmete scharf ein.

Ich wanderte höher, mit kreisenden Bewegungen, über ihre weiche Haut. Sie spreizte die Schenkel und verlagerte ihr Gewicht ein wenig. Dann ersetzte ich die

Blüte durch meine Finger. Sie atmete bereits heftig und klammerte sich mit den Händen an die Tischkante. In mir pulsierte alles, als ich endlich ihre heiße Mitte erreichte. Ich hatte mit mehr Stoff gerechnet, der im Weg war, zumindest seidene Unterwäsche, aber ich berührte nur ihr Schamhaar.

„Du kleines Biest", keuchte ich und beugte mich vor, um ihren Nacken zu küssen.

Sie stöhnte und legte ihren Kopf in den Nacken, während ich mit dem Daumen über ihre Klitoris strich und mit dem Finger über ihre Schamlippen fuhr. Sie war bereits herrlich nass. Ich musste sie kosten.

Angel sah zu, wie meine Hand wieder auftauchte, hinauf zu meinen Lippen. Ich nahm einen Finger in den Mund und stöhnte. Ihr Duft, ihr süßes Aroma, machte ich wahnsinnig.

„Ich bin voll", verkündete ich. „Kriege keinen Bissen mehr herunter."

Sie nickte mit großen Augen, die

Schenkel gespreizt. Offenbar vermisste sie meine Finger bereits. „Ich auch", flüsterte sie.

Mehr brauchte es nicht.

Ich nahm ihre Hand und zog sie vom Stuhl. So schnell es ihre hohen Absätze erlaubten, eilten wir aus dem Restaurant. Im Vorbeigehen riefen wir dem Kellner zu, dass man uns das Essen aufs Zimmer bringen sollte.

Wir eilten die Treppe hinauf, denn der Fahrstuhl war viel zu langsam. Immer zwei Stufen auf einmal, bis zu unserem Zimmer. Ich fummelte mit der Karte herum und hatte knapp die Tür aufgemacht, da wirbelte ich sie schon herum und drängte sie von der anderen Seite dagegen.

„Ungeduldig, oder wie?" Das Zittern in ihrer Stimme mochte von der Aufregung oder ihrer Nervosität herrühren, aber es war einerlei.

„Ich halte nichts vom Warten. Ich nehme, was ich will. Und ich will dich, Angel." Ich presste mich an sie, damit sie spüren konnte, wie sehr ich nach ihr verlangte. Als ich sie vorhin in dem Kleid und den verführerischen Pumps gesehen hatte, wäre ich am liebsten sofort über sie hergefallen.

Angel war umwerfend und sie würde für ein paar Tage mir gehören. Zur Not würde ich mich hier im Zimmer mit ihr verbarrikadieren.

Ich würde sie bis zur Bewusstlosigkeit vögeln und ein weiteres Bett dabei kaputtmachen.

Ich stützte mich mit einem Arm an die Tür, beugte mich vor und küsste sie heftig, zwang sie, ihren Mund zu öffnen und meine Zunge einzulassen, während ich mit der anderen Hand unter ihr Kleid glitt, um da weiterzumachen, wo wir aufgehört hatten.

Sie schmeckte nach Bier und etwas sehr Verführerischem, was meinen Schwanz in der Hose nur noch steifer machte. Sie legte eine Hand auf meine Brust und schob mich ein Stück zurück, sodass ich den Kuss beenden musste.

„Warte", japste sie, ihr Blick war ein wenig verschleiert. „Ich mache so etwas eigentlich nicht."

Ich grinste und strich ihre eine Haarsträhne aus dem Gesicht. „Ich auch nicht. Wir können aufhören, wenn du möchtest. Aber ich möchte, dass du mir gehörst, Baby." Wenn sie nein sagte, würde es eben eine weitere kalte Dusche geben. Aber ich betete, zu jedem, der willens war, zuzuhören, dass sie ja sagte.

Sie biss sich auf die Lippe. „Nicht aufhören. Aber können wir etwas langsamer machen?"

Langsam ging. Ich hatte die ganze Nacht Zeit. Und ich besaß die Ausdauer eines Karnickels.

Ich küsste sie zärtlich auf den Mund. „Was auch immer du möchtest." Ich machte einen Schritt zurück, um ihr mehr Raum zu lassen, und ging hinüber zum Gaskamin. „Ich mache uns ein nettes Feuer. Schenkst du uns etwas zu trinken ein?"

Sie antwortete nicht, aber ich hörte

ihre Schritte, während ich mit dem Kamin beschäftigt war, der sofort warm brannte. Wenn sie langsamer vorgehen wollte, sollte mir das recht sein. Ich wollte es genießen, wollte, dass sie sich gehenließ. Wenn das nur schrittweise ging, dann war das eben so.

Ich drehte mich um und sah sie ein paar Schritte entfernt unschlüssig an der kleinen Bar stehen. „Hey, ich nehme irgendetwas."

„Ich möchte keinen Drink", hauchte sie und ihre Hände fuhren zu den Trägern ihres Kleides. „Ich möchte dein Valentin sein."

Ich sah mit angehaltenem Atem zu, wie sie sich aus dem Kleid schälte, es zu Boden sinken ließ und herausstieg. Kein BH, kein Slip. Gott, sie war himmlisch. Ihr üppiger, praller Körper war genauso, wie ich ihn von dem ersten raschen Blick in Erinnerung hatte.

Sie wollte ihre Schuhe ausziehen, aber ich schüttelte den Kopf. „Lass sie an."

Sie sah mich zufrieden an und tat, was ich verlangte. Mit einer Geste forderte sie mich auf, ihrem Beispiel zu folgen. „Du bist dran, Nick."

„Ja, Ma'am." Ich grinste und entledigte mich schnell meiner Kleidung, bis ich nackt vor ihr stand. Ihre Wangen waren gerötet, aber sie ergriff nicht die Flucht beim Anblick meines steifen Gemächts. Quälend langsam kam sie zu mir. Ich ließ die Arme hängen und ballte meine Hände zu Fäusten, um sie nicht zu früh anzufassen. Als ihre Hände auf meiner Brust landeten, schloss ich die Augen. Federleicht glitten ihre Hände über meine Haut.

„So viele Muskeln", sagte sie bewundernd und strich mit den Fingern über meine Bauchmuskeln. „Kein Gramm Fett ist an dir dran."

„Ich habe einen fetten Arsch, wie das kaputte Sofa ja bewiesen hat." Ihre Hände wanderten tiefer, nur noch wenige Zentimeter von meinem Schwanz entfernt.

„Das Urteil musst du schon mir überlassen", murmelte sie und erkundete mich zögernd mit der Hand. Dann ging sie auf ihren heißen Schuhen um mich herum.

Sie trat an mich heran und presste sich an mich. Ihre Titten drückten gegen meinen Rücken, ihre Hände lagen auf meiner Hüfte. Ich stöhnte, als sie tiefer wanderte und ihre Finger um meinen Schwanz legte. Ich fühlte mich verletzlich und voller Verlangen.

„Vorsichtig. Der ist hoch explosiv, Angel. Du könntest ihn entzünden." Ich hätte gleich hier in ihre Hand kommen können.

„Das geht natürlich nicht", sagte sie rau, streichelte langsam auf und ab und ließ ihn dann los.

Ich öffnete die Augen und drehte mich um, packte sie und küsste sie gierig. Sie stöhnte kehlig, als meine Hände ihre Brüste fanden und mit ihren Nippeln spielten, bis sie harte Knospen waren. Meine Lippen fuhren hinunter zu ihnen und ich leckte mit der Zunge darüber.

„Nick", keuchte sie, als meine Hand über ihre Hüfte zu ihrer nassen Vagina fuhr. Ihre Klitoris war hart wie ein Kiesel. Fuck. Ich würde gleich kommen. Als sie sich unter meiner Hand aufbäumte und an mir rieb, knurrte ich wie ein Tier.

„Wo waren wir doch gleich? Ach ja." Ich fand genau die richtige Stelle und neckte sie mit dem Finger. Sie pulsierte, ließ das Becken kreisen, verlangte nach mehr. „Genau da ..." Dann steckte ich zwei Finger in sie rein. Sie stöhnte auf. Es war Musik in meinen Ohren. Ich bearbeitete sie mit den Fingern, entlockte ihr Laute, die ihr bisher unbekannt waren.

Bevor sie ihren ersten Höhepunkt erreichte, führte ich sie zum Sofa, beugte sie über die Lehne und drückte ihre Schulter nach unten, um sie in die richtige Position zu bringen. Sie spreizte die Beine und ich fand wieder die ideale Position, tief in ihrer vernachlässigten Pussy.

„Sei ein braves Mädchen und komm für mich", säuselte ich und knetete ihre Brust, kniff sie in den Nippel, als sie nach mehr verlangte.

„Schneller", keuchte sie und streckte mir ihren Hintern entgegen. Ich tat, was sie verlangte und rammte meine Finger in sie, mit jedem Stoß tiefer. „Ja, Gott, ja."

„Genau so?"

Sie wand sich und japste nach Luft. „Ja", wimmerte sie.

„Du fühlst dich so gut an, Baby, komm für mich und ich gebe dir etwas Härteres, Dickeres. Ich ficke dich die ganze Nacht, aber nicht eher, als bis du dich hast richtig fallenlassen."

Mir tat der Arm weh, aber ich würde nicht aufhören, bis sie gekommen war. Ich spürte, wie sie sich innerlich verkrampfte, ihre saftige Vagina massierte meine Finger.

Ich drückte meinen Schwanz gegen ihre Hüfte und neckte sie damit, was ihre

Belohnung sein würde. „Ich bin so hart, Angel, lass mich dich ficken, komm für mich, kleines Biest."

Ihre Hände umklammerten meinen Arm, der auf ihrer Brust lag und sie jauchzte auf, voller Lust. Dann schluchzte sie, ihr Körper wurde von einem Orgasmus erschüttert, der ihre Säfte zum Überfließen brachte. Grundgütiger.

Ich ließ sie langsam zu Boden gleiten, gleich hier bei dem neuen Sofa. Dann holte ich aus meiner Hose ein Kondom und zog es mir schnell über. Sie sah mich an, als ich mich über ihr in Position brachte.

„Sag mir, dass du mich als dein Valentin möchtest."

„Ich will dich", stöhnte sie.

„Was willst du noch, Angel?"

Ihr Blick wanderte zu meinem Schwanz. „Ich will ..., ich will deinen Schwanz in mir drin haben."

Ich küsste ihre Lippen und wollte noch einmal nachfragen, aber sie sagte:

„Fick mich, Nick. Ich bin dein versautes Valentinchen."

„Baby, du wirst es nicht bereuen."

Ich spreizte ihre zarten Schenkel und öffnete den Himmel, der auf mich wartete. Sie berührte mich sanft an der Wange, als ich langsam in sie eindrang. Auch wenn ich ihre süße Pussy eben so richtig bearbeitet hatte, war sie dennoch ziemlich eng, sodass ich langsam vorgehen musste, Stück für Stück, während sie sich mir entgegenbäumte.

„Fuck, Angel. Du fühlst dich fantastisch an", flüsterte ich und küsste sie auf den Mund. „Vier Nächte werden vielleicht nicht ausreichen."

„Bitte, Nick. Hör auf zu reden und fick mich endlich. Los!" Angel klammerte sich an meine Schultern und drängte sich an mich, ihr Körper umfing mich. Sie war wie eine Venusfliegenfalle und ich war eine Fliege, in ihrer verführerischen Pussy gefangen.

Wir wurden eins. Ein Gewusel von Gliedmaßen. Ich senkte den Kopf und bewegte mich in ihr, spürte jedes Erschauern, das ihren Körper erschütterte, jeden Atemzug, der ihr in der Kehle steckenblieb, jede Muskelanspannung in ihrer Pussy, die mich alle Konzentration fahren ließ, während ich meinen Schwanz tief in sie rammte.

Sie wurde von einer Explosion zur nächsten geschleudert, scheinbar alle paar Sekunden.

Ich biss die Zähne zusammen, fickte sie hart, hielt sie eng an mich gepresst, sodass ich beinahe befürchtete, es wäre zu viel und sie würde es nicht aushalten. Aber sie klammerte sich an mich, ihre Nägel krallten sich in meinen Rücken, als sie aufschrie, erschüttert von einem weiteren Orgasmus, während ich sie noch immer wie besessen rammelte.

Mein eigener Höhepunkt näherte sich rasant, ich wollte ihn hinauszögern, aber ihre lustvollen Schreie und ihre Enge zogen mich ins Verderben, ich konnte nicht widerstehen. Schmerz durchzuckte mich, als sie mir ins Ohr biss, der Schmerz vermischte sich mit heißer Leidenschaft, Lust, Qual, und ließ mich meine Ladung abspritzen. Ich explodierte in ihr mit einem animalischen Schrei, dann brach ich auf ihr zusammen, mit dem Gesicht zwischen ihren Brüsten.

Einen Moment lang lag ich einfach da, konnte mich nicht bewegen, mein Herzschlag dröhnte in meinen Ohren, während ich noch versuchte zu verstehen, was gerade geschehen war. Es war besser gewesen, als ich es für möglich gehalten hatte. Es würde schwierig sein, das zu überbieten. Mir kam der Gedanke, dass das Leben und der Sex nach Angel nicht mehr wie vorher sein würden.

Und wenn ich nicht aufpasste, dann würde ich nicht wollen, dass es endete.

Vier Nächte waren absolut nicht ausreichend.

9
ANGEL

Tag Drei – Valentinstag

Als ich am nächsten Morgen erwachte, fühlte ich mich unerwartet wund zwischen den Schenkeln und bekam ein schlechtes Gewissen. Ich schaffte es ins Bad, ohne Nick zu wecken und blickte die scheinbar unbekannte Frau im Spiegel an. Ich wusste nicht, wer das sein sollte.

Ich, Angel Rose, hatte Sex mit einem Fremden gehabt. Einem Mann, den ich nicht einmal 48 Stunden kannte. Und nicht nur einmal. Wir hatten es die ganze Nacht getan, mit jeder Menge Zugaben. Wir vögelten wie besessen im Schlafzimmer, im Bett, dann auf dem Teppich, unfähig, uns zu bremsen. Wir wollten immer noch mehr. Ich wollte immer noch mehr.

Ein paar Stunden später tauchten wir aus dem Strudel der Leidenschaft wieder auf und Nick fand eine Notiz, die jemand unter der Tür hindurch geschoben hatte. Unser kaltes Essen stand vor der Tür auf einem Servierwagen, komplett mit makelloser, weißer Tischdecke. Er rief unten an und sorgte dafür, dass man es entfernte und stattdessen frisches Essen hinaufbrachte, um uns mit neuer Energie zu erfüllen.

Und es dauerte nicht lange, da trieben wir es schon wieder. Wir konnten einfach nicht aufhören. Er schien unermüdlich zu sein und ich würde mit Sicherheit nicht nein sagen. Der Knoten war geplatzt, ich war besessen von ihm und davon, was er mit mir machte.

Unsere Zimmernachbarn taten mir leid, ich hoffte, die Wände waren nicht so dünn, dass die die ganze wilde Nacht mitanhören mussten.

„Was mache ich nur?", murmelte ich, lehnte meine Stirn gegen die Badezimmertür und unterdrückte ein Grinsen.

Wem wollte ich denn etwas vormachen? Der Sex war fantastisch, der beste, den ich je hatte. Und ich bezweifelte, dass ich je wieder zu dem Blümchensex zurückkehren könnte, den ich mit Tim oder allen anderen Typen bisher gehabt hatte. Niemand konnte Nick im Bett das Wasser reichen.

Nick war ein aufmerksamer und energischer Liebhaber, der zu seinem Wort stand und tatsächlich jeden Zentimeter meines Körpers geküsst und mich dabei in den Wahnsinn getrieben hatte. Ich hatte mit ihm Dinge getan, die ich noch nie gemacht hatte. Ich hatte ihm gestattet, Sachen mit mir zu machen ..., mein

Vertrauen in ihn war grenzenlos. Allein bei dem Gedanken daran wurde ich rot.

Aber ich war nie der Typ gewesen, der leichtfertig mit irgendjemandem in die Kiste stieg. Also warum dann jetzt? Warum mit ihm?

Ganz einfach. Als ich in seinen Armen lag und langsam eindöste, kam mir der Gedanke, wie schön es wäre, das auch zu Hause zu erleben. Deshalb. Rationale Menschen dachten nicht so.

„Hör auf damit", sagte ich laut zu mir selbst, klatschte mir Wasser ins Gesicht und ermahnte mich, einfach nur mal im Hier und Jetzt zu leben und den Augenblick zu genießen. Etwas Wildes zu tun, ohne an die Konsequenzen zu denken. Spaß zu haben und keine große Sache draus zu machen. Ich konnte ihn nicht mit nach Hause nehmen, er würde nicht mein Partner werden. Nick würde einfach meine schmutzige, geheime Valentinsaffäre sein. Eine einmalige Angelegenheit. Ich würde ihm und dem neuen Morgen erhobenen Hauptes ge-

genübertreten. Ich würde die letzten Tage, die uns noch blieben, genießen und nicht zu viel darüber nachdenken.

Ich würde endlich mal etwas Spaß haben.

Aber trotz meiner guten Absichten, nagte die Sache doch in meinem Hinterkopf. Es war ein wenig beängstigend, wie schnell ich ihn in mein Leben gelassen hatte, wie schnell wir miteinander ins Bett gegangen waren. Ich hatte Angst, dass ich mehr als nur ein wenig Zeit in ihn investieren würde.

ZWEI STUNDEN und ein üppiges Frühstück später, das wir nackt als Picknick vor dem Kamin eingenommen hatten, eilte ich neben Nick zur Weinkellerei. Der kalte Wind schnitt mir ins Gesicht und ließ meine Nase kribbeln. Es war geradezu frostig draußen, der Wind war noch kälter als gestern und mir taten die Leute leid, die meinten, das wäre ein gutes Wetter zum Skilaufen. Sie würden Eiszapfen sein, noch bevor sie unten angekommen waren.

„Was ist so lustig?"

Ich blickte zu Nick hinüber, mein Herz klopfte heftig beim Anblick dieses schönen Mannes. Ich konnte mich wohl glücklich schätzen, ihn ergattert zu haben, denn er war eindeutig der bestaussehendste Mann überhaupt.

„Ich denke bloß über Eiszapfen nach."

„Das ist mal was anderes." Er legte zu meiner Überraschung einen Arm um meine Taille. „Ich glaube, Eis und Wein vertragen sich nicht so gut."

Ich lachte, während wir das Gebäude betraten, erleichtert, dass es hier drin angenehm warm war.

Er drückte noch einmal meine Taille, dann ließ er mich los. Ich seufzte innerlich, denn das Gefühls seines Arms um mich hatte mir viel zu gut gefallen. Und er hatte vorgeschlagen, gemeinsam diese Weinprobe zu machen. Ich hatte mich im innerlich schon darauf eingestellt, die Tage getrennt voneinander zu verbringen. Nur weil wir Sex hatten, musste das nicht automatisch bedeuten, dass wir wie siamesische Zwillinge waren. Ich hatte angenommen, dass er Zeit allein oder zumindest ohne mich, verbringen wollte. Denn vielleicht war ich für ihn ja nichts weiter als ein Betthäschen, jemand, den man tagsüber beiseiteschob und erst nach Sonnenuntergang wieder brauchte. Aber nein, ich war positiv überrascht, als er erst das gemeinsame Picknick-Frühstück und dann diese Weinprobe vorgeschlagen hatte. Was hatte ich getan, um so viel Glück zu haben?

Bevor wir uns für die Weinprobe anmelden konnten, klingelte mein Handy und ich holte es aus der Hosentasche. Eine vertraute Nummer leuchtete auf dem Display auf wie ein schlechtes Omen. Mein Finger schwebte über dem roten Feld, ich sollte das Gespräch nicht annehmen, sondern einfach nach vorn schauen. Sollte Tim doch denken, was er wollte. Ich hatte nichts mehr mit ihm zu tun und es war mir egal, was er machte.

Aber ich hatte noch immer nicht verkraftet, dass er mich so einfach hatte sitzenlassen, als ich noch glaubte, alles liefe wunderbar. Ich wollte ihm wehtun, wie er mir wehgetan hatte.

„Einen Moment, ich muss da drangehen", sagte ich zu Nick und machte ein paar Schritte zur Seite.

Dann nahm ich das Gespräch an und hielt mir das Handy ans Ohr. „Was willst du?"

„Angel, Baby. Wo steckst du?", fragte Tim.

„Ich mache Urlaub." Ich sah Nick an, der stehengeblieben war und mich anschaute. „Was willst du?"

„Ich habe mir schreckliche Sorgen um dich gemacht. Du warst nicht zu Hause und ..., ich habe einen großen Fehler gemacht, Babe." Er senkte die Stimme ein wenig. „Ich hätte dich niemals für sie verlassen dürfen."

„Was hat sie getan? Hat sie dich abserviert? Hat sie herausgefunden, was für ein wertloses Stück Scheiße du bist?" Ich konnte mich einfach nicht zurückhalten. Das musste raus.

„Angel, komm schon. Das spielt doch keine Rolle. Komm nach Hause, wir können das wieder in Ordnung bringen. Zwei Jahre, die wirft man doch nicht einfach so weg. Ich habe das leichtfertig angenommen, aber das war falsch. Ich brauche dich."

„Tim, vergiss es."

„Es ist Valentinstag, ich liebe dich. Komm nach Hause", bettelte er, mit einer Stimme, die meine Knie weich werden ließ. „Oder noch besser, sag mir einfach, wo du bist und ich komme zu dir. Es ist mir egal, wo das ist. Ich fliege um die ganze Welt, um dich zurückzubekommen. Gib mir noch eine Chance."

„Angel?", flüsterte Nick und reichte mir seine Hand. „Wir sind schon spät dran."

Die Sekunden wurden zur Zeitlupe.

Ich schloss die Augen. Was sollte ich tun? Nach vorn schauen, mit einem Mann, den ich nie wiedersehen würde? Oder den Mann zurückzunehmen, den ich geliebt hatte? Sollte ich ihm eine zweite Chance geben und dort anknüpfen, wo es geendet hatte?

Ich wartete darauf, dass der Schmerz in mir aufstieg, um mir die Richtung vorzugeben. Ich wartete darauf, dass die Liebe zurückkehrte, die ich für Tim empfunden hatte. Aber das passierte nicht. Es waren noch Gefühle für ihn da, aber die waren mit einem schweren Makel behaftet. All meine Gefühle für ihn waren vergiftet. Und ich würde niemals vergessen können, was er getan hatte. Mein Vertrauen in ihn war zerstört.

„Es ist aus", wisperte ich ins Handy, den Blick auf Nick gerichtet. Er hatte mir die Kraft gegeben, zu verstehen, was ich tun musste.

„Das meinst du doch nicht so", sagte Tim verzweifelt.

„Und ob." Endlich hatte ich meinen Mut wiedergefunden. „Du hast mich betrogen. Du hast mich verlassen. Dein Problem, nicht meins. Ruf mich nicht noch einmal an. Ich will dich nicht mehr sehen."

„Angel", begann er erneut, aber ich beendete das Gespräch und steckte das Handy wieder in die Tasche.

Ich fühlte mich befreit, ich war frei. Und das schuldete ich zu einem großen Teil dem Mann an meiner Seite. Es spielte keine Rolle, dass er nur ein Urlaubsflirt war. Was ich mit Nick erlebt hatte, so kurz es auch sein mochte, hatte mir geholfen zu verstehen, dass ich mehr verdient hatte, als Tim mir je würde geben können. Ich war es mir selber schuldig, mich von Tim nicht wie ein Fußabtreter behandeln zu lassen.

„Alles in Ordnung?", fragte Nick, als ich zu ihm zurückkehrte. Er wirkte besorgt und hielt mir noch immer seine Hand hin.

Ich nahm sie und strich mit den

Lippen über seinen Mund. „Ja, alles ist perfekt."

Er hielt meine Hand und grinste. „Gut. Dann lass uns mal gepflegt einen hinter die Binde kippen."

Ich ließ mich von ihm mitziehen und sehr schnell stellte sich meine gute Laune wieder ein. Ich hatte das Richtige getan. Ich vergnügte mich und war ganz ich selbst. Etwas, das ich mir lange verkniffen hatte. Als ich noch versucht hatte, unsere Beziehung am Laufen zu halten, war ich selbst dabei auf der Strecke geblieben, eingesperrt in einem Käfig, geradezu verkümmert.

Aber mit Nicks Hilfe, der einfach in mein Leben geplatzt war, konnte ich die Mauern einreißen und mein wahres Ich befreien. Und wenn ich am Ende der Ferien eine irre Geschichte erlebt und ein gebrochenes Herz dabei bekommen hätte? Und wenn schon. Ich konnte das überleben. Ich würde es überleben.

Eher würde die Hölle zufrieren, als dass ich zu meinem Ex zurückkehrte.

Ich seufzte, als Nicks Lippen über meinen Hals wanderten. Der Wein hatte meine Sinne ein wenig benebelt. Wir lagen mitten am Tag auf dem Bett, nackt bis auf die Bettdecke, der Geruch nach Sex hing noch in der Luft.

„Das ist schön"

„Das kannst du laut sagen", kicherte er und strich mit einer Hand zärtlich über meinen Bauch. „Ich könnte jeden Tag eine Weinprobe machen, wenn das bedeutet, dass es so endet."

„Ich auch." Ich konnte mein Begehren nicht aus meiner Stimme verbannen.

„Zu Hause gibt es so etwas nicht", murmelte er und küsste meinen Hals.

Ich öffnete ein Auge und sah ihn an. „Und wo genau ist dieses Zuhause?

„Minnesota", antwortete er und seine Hand auf meiner Haut hielt inne. „Wieso?"

Ich stöhnte innerlich. Ich lebte in

North Carolina, das war nicht mal in der Nähe von ihm. „Nur so, reine Neugier."

Er fuhr fort, meinen Körper zu erkunden, was mich erschauern ließ, aber ich konnte den Gedanken nicht abschütteln, dass ich einen umwerfenden Mann gefunden hatte, der leider fast am anderen Ende des Landes lebte.

Toll, einfach toll. Das war der Grund, warum ich für so etwas nicht geeignet war. Ich konnte nicht anders, ich wünschte mir mehr.

„Wie spät ist es?", frage ich. Im Grunde zählte ich schon die Stunden, die uns noch blieben, bevor wir Abschied nehmen mussten.

„Keine Ahnung, etwa vier Uhr? Oh, Mist!", rief Nick und sprang aus dem Bett. Er suchte nach seiner Uhr und fluchte erneut.

„Was ist denn los?"

„Nichts …, äh, aber wir müssen uns anziehen. Schnell." Er zog mir die Decke weg und enthüllte meinen nackten Leib wie ein Zauberkünstler.

„Hey!"

„Hier, zieh das an", sagte er und warf mir meine Kleidung zu.

Ich setzte mich auf, als mir meine Leggings auf die Brust klatschte. „Nick, sag mir was los ist, dann tue ich es."

„Nein, das ist eine Überraschung." Er war bereits vollständig angezogen und lief vor dem Bett auf und ab.

Ich schmollte. „Aber ..." Mehr konnte ich nicht sagen, denn er packte meine Fußgelenke und zog mich langsam zum Ende des Bettes, richtete mich auf und küsste mich.

Seine geschickten Finger wanderten zu meiner erhitzten Pussy, streichelten meine Klitoris und drangen dann in mich ein. Ich keuchte auf und wusste, ich würde alles tun, was er verlangte.

„Zieh dich an", verlangte er, grinste und zog die Hand weg.

„Okay", hauchte ich.

Es dauerte nicht lange, dann war ich ebenfalls angekleidet, inklusive Stiefel. Nick zog mich zur Tür hinaus, raus aus dem Hotel, wo bereits der Shuttlebus auf uns wartete. Der Fahrer tippte vielsagend auf seine Armbanduhr und Nick entschuldigte sich bei ihm.

„Nick, jetzt mal im Ernst, was hast du vor? Wohin fahren wir?"

„Das wirst du schon sehen, wenn wir da sind. Jetzt steig ein." Er klatschte mir auf den Hintern und ich stieg in den Van.

Der Fahrer fuhr gekonnt die Bergstraße entlang. Die Fahrt war holprig und egal, was ich mir einfallen ließ, Nick ließ sich nicht erweichen, mehr zu sagen. Ich küsste seinen Hals, neckte ihn mit einem geschickt platzierten Finger, aber es half nichts. Er deutete mit einer Geste an, seine Lippen seien verschlossen und er warf den imaginären Schlüssel aus dem Autofenster. Aber zum Glück hielt ihn das nicht davon ab, mich während der Fahrt zu küssen.

Wir kuschelten und machten es uns gemütlich und genossen die atemberaubende Landschaft, durch die wir fuhren.

Die Sonne ging langsam unter und tauchte alles in einen goldenen Schimmer.

„Es ist so wunderschön hier oben", sagte ich voller Wehmut.

„Und das Beste ist, wir sind da", meinte der Fahrer. „Ich komme um neun wieder, um Sie abzuholen. Alles ist vorbereitet, Mr Lowry. Die kleine Hütte ist gleich da vorne, sie ist offen und hat alles, was Sie brauchen."

„Danke." Nick öffnete die Wagentür, damit wir aussteigen konnten.

Ich blickte durch die Scheibe und versuchte zu verstehen, was die ganze Geheimniskrämerei sollte und wo wir waren.

Nick half mir aus dem Van, ich drehte mich um und entdeckte über uns ein Holzschild. Nick trat hinter mich, schlang seine Arme um mich und knabberte an meinem Nacken. „Alles Gute zum Valentinstag, Angel. Du dachtest, ich hätte es vergessen, nicht wahr?"

„Oh, Nick ..."

„Ich weiß, du magst die Kälte nicht besonders, also ..."

Heiße Quellen, Lover's Rock, stand auf dem Schild.

„Es gehört uns ganz allein", flüsterte er. „Wollen wir es ausprobieren?"

Ich drehte mich in seinen Armen und verzog scherzhaft den Mund. „Aber ich habe meinen Badeanzug gar nicht dabei."

„Schätzchen, selbst wenn, meinst du wirklich, ich hätte dich ihn lange tragen lassen?"

Nick holte ein paar Handtücher aus der winzigen Hütte und wir gingen Hand in Hand die Treppen hinunter, die in den Fels geschlagen waren, zum Wasserbecken. Hier und da gab es ein paar Flecken Gras, ein paar Felsvorsprünge ragten über das Wasser hinaus. Kleine Laternen tauchten alles in gelbes Licht.

Ich beugte mich vor und tauchte einen Finger ins Wasser. Es war wunderbar warm.

„Oh, das ist toll", hauchte ich und

zog mir erst einen Stiefel aus, dann den anderen. Derweil legte Nick eilig all seine Kleidung ab und blickte mich voller Leidenschaft an.

„Komm her, deine Kleidung muss weg", sagte er und zog mich an sich, öffnete den Reißverschluss und zog mir den Mantel aus. Ich zitterte etwas und er rubbelte mit den Händen meinen Körper und entledigte mich dann all meiner Kleidung, bis ich nackt vor ihm stand.

„Bist du sicher, dass sonst niemand hier ist?" Ich umarmte ihn und benutzte ihn als Schutzschild, falls wir doch beobachtet wurden.

„Ganz sicher. Ich habe dafür gesorgt. Nun wollen wir dafür sorgen, dass dir warm wird." Gemeinsam gingen wir bis zum Rand des Wasserbeckens.

Nachdem ich versuchsweise meinen Zeh ins Wasser getaucht hatte, holte ich tief Luft und sprang gleich nach Nick ins warme Nass hinein.

Es war himmlisch, als wäre man in

eine warme Decke gekuschelt. Viel besser, als sich in einer Badewanne einweichen zu lassen. Das Becken war flach, sodass ich mit den Füßen den Boden erreichen konnte, aber dennoch tief genug, dass ich auch schwimmen konnte. Mit langsamen Zügen schwamm ich zu Nick hinüber. Er nahm mich in seine Arme, ich schlang meine Beine um seine Hüfte und er legte seine Hände auf meinen Hintern.

„Schätzchen, ich bin schon wieder hart."

Ich belohnte ihn mit einem lüsternen Augenaufschlag und spielte mit den nassen Haarspitzen in seinem Nacken. „Gut", flüsterte ich, „denn ich möchte nichts mehr, als dich in mir drin zu spüren."

Ohne ein weiteres Wort drang sein eifriger Schwanz in meine gierige Pussy ein, als wollte er eine Festung erobern. Energisch aber langsam schob er sich hinein, zog sich zurück und rammte dann wieder vor. Unsere Körper klatschten gegeneinander, Haut auf Haut, Wellen breiteten sich von uns aus.

Nick hielt mich fest, ich schrie nach mehr, mein Flehen stieg in Dampfwolken in die kalte Luft auf. Er beugte mich nach hinten, meine Nippel ragten aus dem Wasser, meine Brüste schwammen in der Wärme, das Wasser trug mich, während er mich unerbittlich verwöhnte.

Ich war kurz davor zu explodieren, als er mich an der Hüfte packte und zu sich heranzog, bis sich unsere Oberkörper berührten. „Halt dich an mir fest", hauchte er. „Ich muss dir in die Augen sehen, wenn ich dich liebe."

Ich verschränkte meine Finger hinter seinem Kopf und ließ mein Becken rotieren, während ich gleichzeitig versuchte, nicht über seine Wortwahl nachzudenken. Ich konnte das jetzt nicht analysieren, aber ich wollte auch nicht, dass er mich je wieder losließ. Also biss ich mir auf die Zunge und schaute ihm fest in die Augen. Seine braunen Augen waren so warm wie die Quelle, in der wir saßen, und ich hätte mich leicht darin verlieren können. So leicht.

Es fühlte sich an, als ob das Wasser anfangen würde zu kochen, aber das lag einfach an dem, was er mit mir machte.

Er wusste genau, was er tun musste, damit ich seinen Namen lustvoll herausschrie. Ich schnappte nach Luft, meine inneren Muskeln umklammerten ihn, ich war so kurz davor, zu kommen. Mühelos drehte er sich mit mir, sodass mein Rücken gegen die glatte Kante des Felsens drückte, und hielt mich so eingeklemmt. Nun hatte er die Möglichkeit, mich überall anzufassen, während wir gemeinsam dem Höhepunkt entgegenritten.

Er nahm meine Brüste in die Hände, knetete sie sanft, aber eindringlich. Er saugte an den Brustwarzen, bis ich diese Folter nicht länger ertragen konnte. Ich packte seinen Hintern, klammerte meine Beine enger um ihn und drängte ihn, mich härter zu ficken. Ich wollte alles von ihm.

Er enttäuschte mich nicht. Mit größter Anstrengung und schwer atmend tat er, was ich verlangte. Ich biss mir auf die Lippen.

„Angel, ich komme, Baby, oh, fuck", schrie er, während ich mich noch immer verzweifelt an ihn klammerte, obwohl meine Beine sich längst wie Gummi anfühlten. Dann er explodierte ich wie ein Feuer spuckender Vulkan und schrie so laut, dass ich befürchtete, damit eine Lawine auszulösen.

10
NICK

Tag Vier

„Ich kann nicht fassen, dass du mich dazu überredet hast. Guck doch mal! Ich bin die einzige Erwachsene in diesem Kurs."

Ich kicherte und deutete auf die Gruppe, die sich versammelt hatte. „Beeil dich besser. Sieht so aus, als würden sie gleich anfangen. Du willst doch nichts Wichtiges verpassen."

Angel blickte mich Mitleid heischend an, ihre Augen bettelten geradezu, aber ich schob sie weiter. Sie zog die Nase kraus, marschierte aber tapfer zu der kleinen Gruppe und zog ihre Skier hinter sich her durch den Schnee. Ich hatte früh am Morgen den Ski-Kurs für sie gebucht, damit sie wenigstens am Ende des Urlaubs sagen konnte, dass sie einmal die Piste runtergefahren ist. Und vielleicht konnten wir es sogar gemeinsam tun, ohne dass sie sich dabei halb umbrachte.

Angel hatte zögerlich reagiert und es hatte mich heute Morgen unter der Dusche einige Überredung gekostet, sie dazu zu bringen, es wenigstens einmal zu versuchen, aber schließlich hatte sie zugestimmt.

Ich verschränkte die Arme vor der Brust und beobachtete sie einen Moment, wie sie die Grundlagen des Skifahrens lernte und dabei fast sofort wieder umfiel. Ich wusste fast nichts von ihr, außer dass sie mit Begeisterung meinen Schwanz ritt. Wir kamen gut miteinander aus und ich genoss ihre Gesellschaft. Um ehrlich zu sein, sogar mehr als das. Wären wir in einer Beziehung, würde ich mich in diesem Stadium nach einem Fluchtweg umschauen, nach einer Ausrede, um Zeit für mich allein zu haben und das Anhängsel loszuwerden. Vielleicht lag es daran, dass ich mir in den letzten zwei Jahren keine richtige Gesellschaft mehr gegönnt hatte. Oder es lag daran, dass sie mich nicht gut genug kannte, damit ich mir Sorgen machte, es könnte mehr daraus werden. Wie auch immer, ich hatte den Eindruck, Angel war anders. Und mir war klar, dass ich mir etwas vormachte. Ich steckte schon zu tief drin und konnte es kaum erwarten, sie wieder an meiner Seite zu haben.

Mein Handy klingelte in meiner Tasche. Ich zog es heraus und hielt es grinsend ans Ohr. „Was geht, Alter?"

Mein ältester Bruder James kicherte mir ins Ohr. „Wie sieht es aus, Alter? Ich wollte nur mal hören, wie dein Urlaub so läuft. Hast du dir schon ein heißes, liebeshungriges Skihäschen geangelt?"

„Das willst du wohl gerne wissen, was? Wie läuft der Job? Du rufst aber nicht an, um mir zu beichten, dass du es schon versaut hast, oder?"

„Ein bisschen mehr Vertrauen, Kleiner. Nein, das läuft. Ich wollte mich nur mal melden."

„Lass mich raten, Mom ist noch sauer, weil ich ihr berühmtes Valentins-Festessen versäumt habe?"

„So sieht es aus. Du solltest ihr etwas mitbringen, groß und teuer, sonst wirst du Ostern nicht zum Essen eingeladen."

Ich lächelte verstehend. Mom liebte es, alle ihre Jungs an einen Tisch zu kriegen, mit deren Anhang. Zu jedem Feiertag. Ich nahm an, sie wollte nachholen, was sie all die Jahre versäumt hatte, als wir bei der Armee waren.

Aber der Valentinstag war am schlimmsten. In der Vergangenheit, wenn einer von uns eine Beziehung rund um den Februar hatte, dann mussten wir die Frau mitbringen zum Essen, egal, ob wir eigentlich andere Pläne hatten oder nicht. Es war ein Krampf. Andererseits war es auch immer ganz nett, Zeit mit der Familie zu verbringen. Immerhin hatte ich eine Familie.

Mein Blick fiel auf Angel und ich fragte mich, was meine Mutter wohl von ihr halten würde, wenn ich sie zum nächsten Anlass mitbringen würde.

„Ich finde schon etwas, um sie zu besänftigen."

„Machst du die Pisten unsicher? Du hast meine Frage noch gar nicht beantwortet. Hattest du Glück bisher? Passt gar nicht zu dir, keine Details auszuplaudern."

Ich kicherte. Wenn mein Bruder nur wüsste, was ich hier tat. „Du bist ein Mistkerl und ein Perverser."

„Aber du liebst mich trotzdem", erwiderte James. „Wenn du mir also gar nichts zu sagen hast, dann muss ich mich wohl wieder an die Arbeit machen.

Warte ..., wenn du gar nichts erzählst, heißt das, du hast jemanden gefunden, richtig?"

„Immer diese Mutmaßungen."

„Und du weichst mir aus. Muss ich dich am Stuhl festbinden und verhören, wenn du nach Hause kommst?"

„James", warnte ich.

Er kicherte. „Meine Güte, du musst es ja nötig haben. Wie heißt sie denn?"

„Das geht dich nichts an."

„Ha! Ich hatte also recht! Es gibt jemanden."

„Mag sein. Aber ..."

„Aber was?"

Ich kratzte mich am unrasierten Kinn. „Aber ich reise in ein paar Tagen wieder ab und sie wohnt am anderen Ende des Landes."

„Na und?"

„Das ist doch blöd. Ich werde sie nie wiedersehen."

James wurde schließlich ernst. „Oh, es ist also mehr als nur ein Flirt?"

„Genau. Ich weiß nicht, was ich machen soll."

James schwieg einen Moment, dann atmete er geräuschvoll aus. „Du weißt ganz genau, was zu tun ist, wenn sie die Richtige ist."

„Ich kenne sie erst seit vier Tagen."

„Was spielt das für eine Rolle? Wenn du es weißt, dann weißt du es."

„Vielleicht …"

„Sieh es doch mal so: Mach dich nicht verrückt deswegen. Denk immer daran, was Pop dazu meinte, wenn man zu sehr über etwas nachdachte. Hör auf, Probleme zu verursachen und such nach Lösungen! Und jetzt genieße den Urlaub und ruf mich an, wenn du moralische Unterstützung brauchst. Wir vermissen deine hässliche Visage hier."

Mir wurde das Herz schwer, als ich an meine Familie dachte und an meinen Vater. Sie hatten mir immer beigestanden und mich unterstützt. Sie halfen mir, wenn es mir schlecht ging und wussten immer das Richtige zu sagen, wenn ich es brauchte. Mehr konnte man sich nicht wünschen. „Danke. Wir sehen uns bald."

James legte auf und ich steckte das Handy wieder ein. Mit einem letzten Blick auf Angel kehrte ich ins Hotel zurück und machte mich auf den Weg zu den Souvenirläden.

―――

„Ich werde morgen früh aussehen wie eine matschige Tomate. Hast du gesehen, wie die Kinder die Piste rauf und runter geflitzt sind? Als ob sie gar keine Angst hätten."

„Haben sie auch nicht. Ich muss an mich und meine Brüder in dem Alter denken. Wir waren nicht zu bremsen. Es grenzt an ein Wunder, dass wir uns nicht den Hals gebrochen haben, bei dem ganzen Unsinn, den wir angestellt haben." Ich legte ihr einen Arm um die Hüfte. Der Duft ihres Shampoos ließ meinen Schwanz interessiert wachsen, als ich daran dachte, was wir noch vor einer Stunde unter der Dusche miteinander gemacht hatten. „Aber immerhin weißt du jetzt, wie man eine Piste runterfährt."

Angel lachte. „Wie meinst du das? Ich kann lediglich die Anfängerpiste fahren. Der Skilehrer meinte, ich wäre eine Gefahr für mich und alle anderen. Er hat mich mehr oder weniger von der Piste verbannt."

„Kluger Mann", erwiderte ich und küsste sie. „Zumal ich einige Dinge mit dir vorhabe, für die du intakt sein solltest. Immerhin konntest du dich die meiste Zeit auf den Beinen halten. Du kannst stolz auf dich sein. Das hast du gut gemacht, Babe."

Wir betraten ein weißes Zelt, das hinter dem Hotel errichtet worden war. Heute Abend waren wir zu einer Soiree für Paare eingeladen, eine Art Party nach dem Valentinstag, mit offener Bar, Tanz und einem Mitternachtsbuffet. Angel sah in ihrem samtgrünen Kleid einfach hinreißend aus und ich würde alle Mühe haben, meine Finger von ihr zu lassen.

„Wow", sagte sie, als wir eintraten. Das Zelt war passend für die romantischen Feiertage ausgestattet. „Das ist wunderschön."

Ich musste zugeben, es sah nett aus. Nicht so nett wie die heißen Quellen am Vortag, wo ich Angel ganz für mich allein gehabt hatte, aber wir konnten uns nicht immer abschotten, sondern mussten auch mal ein paar der Angebote des Hotels wahrnehmen.

Wir drehten eine Runde durch das Zelt, um alles genauer anzuschauen. Die Tische standen überall verteilt, elegant gekleidete Paare tanzten zur Musik einer Swing-Band.

„Komm", sagte ich und zog sie auf die volle Tanzfläche. „Lass uns tanzen."

Angel lachte, als ich sie in meine Arme zog und wir drehten uns langsam mit den anderen Tänzern, meine Hände fest auf ihrer Taille.

„Das ist auch nett", seufzte sie und ihre Augen leuchteten vor Begeisterung.

„Finde ich auch", sagte ich und zog sie enger an mich. „Und verrückt."

Sie nickte und errötete leicht. „Und verrückt. Aber du warst ein großartiger Zimmergenosse."

Ich kicherte und zog eine Augenbraue hoch. „Ein Zimmergenosse mit Vorzügen?"

„Auf jeden Fall", erwiderte sie leise und schlang ihre Arme um meinen Nacken.

Ich schluckte den Kloß im Hals herunter, der wie aus dem Nichts aufgetaucht war. Ich wollte nicht, dass unsere gemeinsame Zeit endete. Wenn sie es zuließ, würde ich das Zimmer noch länger buchen. Für immer, wenn nötig. Es war nicht genug, nur für fünf Tage ihr Valentin zu sein.

„Was, wenn wir nach dem Urlaub weitermachen würden?", fragte ich. Dieser Gedanke quälte mich und ich setzte alles auf eine Karte.

Sie stolperte gegen mich und wir taumelten gegen ein anderes Paar.

„Was?"

Ich zuckte mit den Achseln und tat, als sei es unwichtig. „Du weißt schon, eine von diesen Beziehungen auf große Entfernung?"

Angel starrte mich an, ihr Blick zeigte Erstaunen. Ich schluckte schwer, mir war bewusst, dass ich einer Laune folgte. Sie faszinierte mich und ich wollte nicht, dass es schon endete, wenn sich in zwei Tagen unsere Wege trennten. Ich wollte eine Verlängerung, um zu sehen, wohin es führte.

Himmel, ich hatte daran gedacht, sie zu einer Familienfeier mitzubringen. Das musste doch etwas bedeuten, oder nicht?

„Nick", sagte sie schließlich und rückte ein Stück von mir ab. „Ich meine, das hier war wirklich ein großer Spaß, aber ich bin mir nicht sicher. Ich bin einfach derzeit nicht auf der Suche nach einer festen Beziehung. Du etwa? Ich habe gerade eine lange Beziehung hinter mir. Ich dachte, wir wären uns in dem Punkt einig? Fünf Tage und Nächte, mehr nicht."

Aua. Es war, als hätte sie mir das Herz durchbohrt. Die Wunden vom Schlachtfeld hatten sich nie so schlimm angefühlt.

11

ANGEL

Ich war eine verdammte Lügnerin. Wieso sagte ich denn so etwas?

Aber ich kannte die Antwort. Mein Herz hatte zwei Jahre voller Qualen hinter sich. Mehr konnte mein armes Herz einfach nicht verkraften. Ich war außer Gefecht. Ich konnte den Kampf um die Liebe nicht noch einmal aufnehmen. Oder doch?

Ich sah da und stocherte in meinem Essen herum, während ich verstohlen Nick beobachtete und mir wünschte, ich hätte einfach den Mund gehalten. Als er mir vorgeschlagen hatte, wir könnten uns auch nach dem Urlaub weiterhin sehen, war ich wie erstarrt gewesen. Der Gedanke an eine neue Beziehung hatte mich überfordert und so waren die Worte aus mir herausgesprudelt, noch bevor ich lange drüber nachdenken konnte.

Leider hatte das diesem besonderen Abend jeglichen Zauber genommen. Der Feier war wie einem alten Ballon einfach die Luft ausgegangen und Nick und ich sprachen kaum ein Wort miteinander.

Innerlich seufzend, schob ich meinen Teller von mir. „Ich glaube, ich gehe wohl besser ins Bett."

Nick blickte auf und ich spürte Hitze in meinem Magen aufsteigen, als ich seine warmen Augen sah. Ich wünschte, ich könnte die Zärtlichkeit darin noch einmal sehen. Ich hatte es versaut. Nachdem ich ihn weggestoßen hatte, gab es nun kein Zurück mehr.

„Sicher", sagte er schließlich und

spielte mit seinem Glas vor sich herum. „Ich bleibe noch ein wenig hier. Ich bin noch nicht müde. Es sei denn, du möchtest ..."

„Nein, nein. Bleib nur. Meinetwegen musst du noch nicht gehen." Die Worte kamen komisch heraus. Die Höflichkeit vergrößerte die Distanz zwischen uns nur noch mehr.

„Bist du sicher?"

„Bin ich." Du blöde, dumme Lügnerin! Sag es ihm doch, dass du ihn oben im Zimmer haben willst, auf dem Bett, nackt. Stattdessen nahm ich meine Handtasche und nickte. Wir waren viel zu höflich, wollten uns bloß nicht gegenseitig auf die Füße treten. Wohin waren nur die sprühenden Funken verschwunden?

„Okay, bis dann."

Ich seufzte, wütend auf mich selbst. Ich hatte ihn quasi abgewürgt, als er vorgeschlagen hatte, das Heißeste, was mir je widerfahren war, zu verlängern. Kein

Wunder, dass er lieber hier unten bleiben wollte. Ich war ein Idiot, aber ich konnte die Worte einfach nicht sagen. „Okay, bis später dann."

„Ja." Ich stand auf und ging, meine Füße fühlten sich an wie Blei. Im Zimmer angekommen, zog ich meine Schuhe aus und konnte die Tränen nicht länger zurückhalten. Er war verärgert. Das war nicht zu übersehen gewesen. Und ich wäre es auch an seiner Stelle, wenn umgekehrt ich diejenige gewesen wäre, die ihre Zukunft hätte besprechen wollen. Ich hatte ihn so schnell, so beiläufig abgewürgt. War es ein Wunder, dass er verletzt war?

Was hatte ich mir nur dabei gedacht?

Ich wischte mir die Tränen vom Gesicht und ging ins Bad, wo ich das Kleid auszog, mir das Make-up vom Gesicht nahm, das ich erst wenige Stunden zuvor sorgfältig aufgetragen hatte, voller Vorfreude, was der Abend wohl bringen würde. Man traf einen Mann wie Nick nicht alle Tage, er hatte mich in den wenigen Tagen sehr glücklich gemacht. Praktisch binnen weniger Stunden.

Inzwischen fragte ich mich, warum ich so viel Zeit mit Tim verschleudert hatte, um so zu werden, wie er mich wollte, anstatt wie ich es selber wollte. Nick hatte etwas in mir geweckt, was mir gefiel. Er war wie ein fehlendes Puzzleteil, komplettierte mich. Aber ich hatte ihn weggestoßen.

Ich warf das mit Mascara verschmierte Kosmetiktuch in den Müll, nahm ein neues und tupfte mir die Augen ab. Wenn es mir egal wäre, was mit uns war, wieso heulte ich dann? Es könnte mir doch gleichgültig sein, ob ich ihn verletzt hatte.

Aber so fühlte ich mich nicht.

„Angel, du bist ein Idiot", murmelte ich, ging ins Schlafzimmer und warf mich auf das Bett. Es roch noch immer nach seinem Duft.

Es war offensichtlich, dass ich Angst

hatte, aber ich das konnte ich ihm nicht erklären. Ich hatte Angst, erneut verletzt zu werden. Gleichzeitig war mir bewusst, dass selbst nach dieser kurzen Zeit mit Nick die Trennung sehr schmerzhaft werden würde. Mehr als mir lieb war.

Aber am meisten fürchtete ich mich davor, dass ich mir eine Verlängerung viel zu sehr wünschte.

NACHDEM ICH MICH ein paar Stunden lang unruhig hin und her gewälzt hatte, stand ich wieder auf und blickte ins Wohnzimmer, um zu sehen, ob Nick die neue Schlafcouch benutzte. Das Hotel hatte keinerlei Fragen gestellt, als wir den Schaden gemeldet hatten, sondern einfach sofort ein neues Sofa gebracht.

Das Zimmer war dunkel und leer. Er war noch nicht zurück.

Ich atmete tief durch, stemmte die Hände in die Hüften und überdachte meine Möglichkeiten. Ich musste mich entschuldigen und ihm meine Ängste erklären, indem ich ihm von meiner Beziehung zu Tim erzählte. Sicher würde er mein Verhalten dann verstehen und wir konnten noch einmal in Ruhe überlegen, was wir nach dem Ende dieses Urlaubs tun wollten. Wenn er denn überhaupt noch Interesse daran hatte. Es wäre ebenso denkbar, dass er längst abgereist war.

Und hier war ich, verschwendete kostbare Zeit der schönsten romantischen Begegnung, die ich je gehabt hatte, wegen eines blöden Missverständnisses. Weil ich mich nicht in Worte fassen konnte, um es zu erklären. Und weil mir der Mut fehlte, die Wahrheit zu sagen.

Mit dieser Erkenntnis warf ich mir ein paar Klamotten über, eine Trainingshose und einen Pulli, dann eilte ich aus dem Zimmer und hoffte, Nick irgendwo zu finden, wo nicht zu viele Mithörer dabei waren. Es war bereits nach Mitternacht, als ich mit dem quälend langsamen Fahrstuhl nach unten fuhr. Ich suchte mit den Blicken durch die Glasscheibe die Lobby ab, noch bevor der Fahrstuhl unten angekommen war, aber da war niemand, keine Menschenseele. Der Durchgang zum Zelt war bereits geschlossen. Wo sollte ich ihn als Nächstes suchen?

„Kann ich Ihnen helfen?"

Ich drehte mich um und sah einen Portier vor mir stehen, der trotz der späten Stunde die Freundlichkeit in Person war. „Wohin sind die Partygäste gegangen?"

„In die Bar, schon vor etwa einer Stunde."

„Danke." Ich bog um die Ecke und sah gleich am Eingang Nicks große Gestalt stehen. Meine Schritte wurden langsamer, als ich sah, dass er nicht allein war. Er hatte den Arm um die Blondine vom ersten Abend gelegt.

Ohne ein Wort trat ich sofort den Rückzug an. Mein Herz klopfte wie wild in meiner Brust. Er hatte mich bereits ersetzt. Das war ja schnell gegangen.

Ich versteckte mich in den Schatten, um von Nick nicht entdeckt zu werden, sobald er sich umdrehte. Ich beobachtete die beiden von der Lobby aus, als sie vorübergingen. Sie kicherte und hing an seinem Arm. Er führte sie in den Fahrstuhl und presste sie gegen das Glas. Ich konnte sein Gesicht nicht sehen, aber ich ahnte, was er tat. Er küsste ihren Hals, ihre Lippen, ihre Wangen. Wie er es bei mir gemacht hatte. Sie würden in ihrem Zimmer enden und all das tun, was er andernfalls mit mir gemacht hätte.

Der Fahrstuhl verschwand aus meinem Blickfeld und mir war nach Heulen zumute. Bevor ich hier in der Lobby einen Nervenzusammenbruch hatte, flitzte ich die Treppe hinauf und lehnte mich vor der Zimmertür an die Wand. Mein Herz war schwer. Ich hatte ihn mehr als nur verärgert. Ich hatte ihn weggestoßen. Nick hatte sich anderweitig umgeschaut.

„Mist", murmelte ich, stieß mich von der Wand ab und ging in unser Zimmer. Nur weil ich Angst gehabt hatte, war er nun für mich verloren.

12

NICK

Tag Fünf

Sie ging mir aus dem Weg.
Obwohl ich sie erst seit ein paar Tagen kannte, konnte ich doch ihre Stimmungen erkennen. Und im Augenblick war sie gerade schwer angenervt. Nach dem Motto: Sieh zu, dass du von mir wegkommst, sonst schneide ich dir dein Ding ab. So eine Stimmung.

Ich kehrte erst in den frühen Morgenstunden in unsere Hotelsuite zurück und warf mich für ein paar Stunden Schlaf auf die unbequeme Couch, anstatt ins Schlafzimmer zu stürmen und Angel zu wecken.

Die Schlafzimmertür war noch immer geschlossen, als ich erwachte. Falls sie vorhatte, auszuschlafen, wollte ich sie daran nicht hindern. Also schnappte ich mir meine Ski-Ausrüstung und machte mich auf den Weg.

Außerdem hatte ich bisher kaum Gelegenheit gehabt, die Pisten abzufahren.

Und vielleicht war später Angels Stimmung auch wieder besser und wir könnten reden, denn das war dringend erforderlich.

Nach ein paar Abfahrten kehrte ich ins Hotelzimmer zurück und fand die Tür noch immer verschlossen. Langsam machte mich das wütend. Irgendetwas war im Argen und ich war mir nicht sicher, ob ich wirklich wissen wollte, was.

War ihr der gestrige Abend noch peinlich? Die Stimmung war ruiniert. Natürlich war ich unzufrieden damit, dass sie das hier als reinen Urlaubsflirt abtat, vollkommen unbedeutend, denn ich hätte gedacht, dass es mehr sein könnte. Und dann hatte ich dummerweise angenommen, wenn ich ein wenig mit anderen Frauen flirtete, könnte ich auf andere Gedanken kommen.

Das hatte leider nicht funktioniert. Nachdem ich die Blondine vom ersten Abend wiedergesehen hatte, war mir schon sehr schnell klar geworden, dass ich Angel und meine Gefühle nicht aus dem Kopf bekam. Als die Blonde mich in der Bar geküsst hat, sturzbetrunken noch dazu, fehlte etwas. Ich schob sie also höflich von mir und half ihr hinauf in ihr Zimmer, bevor sie einfach umfiel, wo sie stand.

Was hatte Angel bloß mit mir angestellt? Ich dachte an eine langfristige Beziehung. Noch dazu über eine große Entfernung. Andere Frauen interessierten mich nicht mehr. Aber nun musste ich annehmen, dass sie aus irgendeinem Grund wütend auf mich war.

Verdammt, ich war schon angeschlagen, dabei hatte es doch gerade erst angefangen. Oder vielleicht war es schon wieder beendet. Ich war mir nicht sicher. Wie auch immer, wir mussten drüber reden.

Wie auf ein Stichwort öffnete sich die Schlafzimmertür. Sie wirkte für einen kurzen Moment irritiert, als sie mich dort sitzen sah, erholte sich aber rasch davon und trat ein. Sie trug wie üblich enge, schwarze Leggings und ein passendes T-Shirt, eine Zeitschrift unter den Arm geklemmt.

„Hey, da bist du ja", sagte ich und bemühte mich um ein Lächeln, als sie Richtung Tür ging.

„Ich gehe zur Massage", erwiderte sie kühl und öffnete die Tür. „Bis später."

„Warte." Ich runzelte die Stirn und folgte ihr hinaus auf den Gang. „Können wir kurz über gestern reden?"

Ihre Schultern versteiften sich, aber sie blieb nicht stehen, sondern marschierte zum Treppenhaus, anstatt zum

Fahrstuhl. „Ich kann jetzt nicht, Nick, ich komme zu spät. Ich habe einen Termin."

So leicht würde ich mich jedoch nicht abwimmeln lassen. „Komm schon, Angel. Eine Sekunde, ja?"

Aber sie ging weiter und ich folgte ihr hinunter in die Lobby. Mein Blut kochte inzwischen, weil sie so bockig war. Erst als wir das Spa erreichten und durch die grünen Glastüren traten, blieb sie stehen, denn dort war die Rezeption.

„Hi, Angel Rose. Ich bin zur Massage angemeldet."

Die Angestellte musterte mich. „Eine Massage für Paare?"

„Nein."

„Ja", widersprach ich.

Angel drehte sich um und ich grinste sie an. „Wenn du dich weigerst, mit mir zu reden, dann weigere ich mich, dich in Ruhe zu lassen."

„Ich versuche, mich zu entspannen, Nick", zischte sie und blitzte mich aus schmalen Augen an. „Können wir das nicht später klären?"

Ich schüttelte den Kopf und sie atmete geräuschvoll aus, bevor sie sich wieder an die Frau wandte. „Ignorieren Sie ihn einfach. Nur für eine Person bitte."

„Plus eine zweite Person", sagte ich und trat ebenfalls an den Tresen.

Der Blick der Frau wanderte zwischen uns hin und her, dann tippte sie etwas in ihren Computer.

„Ich habe einen Raum für ein Paar frei. Sieht ganz danach aus, als müssten Sie beide sich erst einmal entspannen. Folgen Sie mir bitte."

„Mein Gott", murmelte Angel im Vorbeigehen. „Willst du das wirklich durchziehen?"

„Will ich", antwortete ich, während wir durch eine weitere Glastür gingen. Um uns herum hörte man Wasser plätschern. „Bis du endlich mit mir redest."

Sie schnaubte, sagte aber nichts weiter. Wir wurden in einen kleinen Raum geführt, der mit teurem Holz ausgekleidet war, das Licht war gedämpft.

Zwei Massagetische standen nebeneinander, bereit für uns.

„Bitte legen Sie ihre Kleidung ab und legen sie sich auf den Tisch, Gesicht nach unten. Es gibt Bademäntel und Handtücher, wenn Sie das wünschen. Machen Sie sich schon mal bereit, ich bin gleich zurück", sagte die Angestellte betont fröhlich, dann ließ sie uns allein und schloss die Tür hinter sich.

Angel wirbelte herum, stemmte die Hände in die Hüften und wollte mich mit ihren Blicken niederstarren. „Letzte Gelegenheit, Nick. Bitte geh."

Ich verschränkte die Arme vor der Brust und schüttelte den Kopf. „Nein, werde ich nicht. So leicht gebe ich nicht auf."

„Du machst dich lächerlich."

„Du gehst mir aus dem Weg. Sag mir, warum. Was habe ich denn so Schlimmes getan?"

Ein wütender Ausdruck huschte über ihr Gesicht. Aber da war noch etwas anderes. War sie verletzt? Das irritierte mich. „Ich will jetzt nicht darüber reden."

Die Tür ging auf und eine andere Angestellte trat ein, sichtlich überrascht, dass wir beide noch angekleidet waren. „Sie sind nicht ausgezogen. Sie sind doch hier für eine Paar-Massage?"

Angel blickte mich von der Seite an. „Er will nicht gehen."

Ich griff in meine Tasche und holte ein paar Geldscheine heraus, um sie der Masseuse zu geben. „Hier, lassen Sie uns bitte eine Stunde Zeit."

Sie beäugte mich misstrauisch. „Aber, Sir ..."

Ich grinste sie freundlich an. „Es ist doch Valentinswoche, nicht wahr? Wir möchten allein sein. Betrachten Sie es als Geschenk von uns beiden."

„Was soll das?", fragte Angel. Die Masseuse blickte uns noch einmal beide an, dann verließ sie den Raum und schloss die Tür. „Da geht sie hin, meine Massage."

Ich schob die Ärmel hoch und deutete auf einen der Tische. „Leg dich hin. Ich gebe dir eine Massage und wir reden."

Sie verschränkte die Arme vor der Brust. „Ich werde nichts dergleichen tun. Hol meine Masseuse zurück, sofort."

„Nein, mache ich nicht. Entweder ich oder gar nicht, Angel."

Sie schnaubte und ich musste innerlich grinsen, als sie anfing, sich auszuziehen und mir einen verführerischen Blick auf ihren Körper gewährte, bevor sie unter das Tuch schlüpfte und sich auf den Bauch legte. „Na schön, dann leg los. Aber denk gar nicht erst daran, …"

„Was?"

„Vergiss es. Jetzt mach endlich, mir platzt gleich der Schädel."

Ich trat an den Tisch und begann, ihre Schultern zu massieren und langsam ihre Verspannungen zu lösen. „Sag mir, was los ist, Angel."

„Während einer Massage redet der Masseur nicht."

„Das ist keine normale Massage, wie

du sehr wohl weißt." Ich knetete ihren Nacken. Ich hatte keine Ahnung, was ich hier tat, aber ich würde nicht gehen, es sei denn, sie schob mich mit Gewalt zur Tür hinaus. „Es passiert nicht alle Tage, dass eine Frau von einem redlichen Marinesoldaten massiert wird."

Sie kicherte, ihr Körper zuckte unter meinen Händen. „Das war nicht, woran ich gedacht hatte."

Ich grinste und wanderte ihren Rücken hinunter, dabei zog das Tuch tiefer, bis ich ihren Steiß sehen konnte. Sie bemühte sich, ein Stöhnen zu unterdrücken, aber ich hatte es gehört. Ich schluckte schwer und sehnte mich danach, sie zu liebkosen. „Was hast du denn gedacht?"

13

ANGEL

Ich konnte kaum fassen, was Nick da tat. Seine Hände glitten mit ruhigen Bewegungen über meinen Körper, eher wie Streicheln als eine Massage, und wäre ich nicht so wütend auf ihn gewesen, hätte ich es sehr genossen.

Aber Nick ruinierte meine Pläne. Ich hatte mich darauf gefreut, es war der letzte Abend im Hotel. Ich wollte mich eine Stunde lang entspannen, alles vergessen, was Nick und mein derzeitiges Leben anging.

Allerdings musste ich zugeben, dass

er ziemlich hartnäckig war.

„Du bist ein Sturkopf", sagte ich schließlich, als seine Hände seitlich über meinen Brustkorb strichen und mich erschauern ließen.

Er kicherte. „Das stimmt wohl."

Dann spürte ich den Hauch von Lippen auf meinem Steiß und mir wurde sehr warm.

„Nick! Was tust du da?", flüsterte ich, als das Tuch neben dem Massagetisch zu Boden glitt.

„Ich massiere dich mit einer neuen Methode, eine Spezialität", sagte er gelassen, strich über die Rückseite meiner Oberschenkel und fuhr mit dem Finger zwischen sie. Ich stöhnte auf, als er mich sanft streichelte. Ich wurde feucht und benetzte seine Finger. Trotz meines Zorns wollte mein Körper ihn offenbar nicht einfach aufgeben und benahm sich sehr verräterisch. Als sein Finger in mich eindrang, erzitterte ich und drängte mich näher an ihn.

„Himmel, du bist schon ganz nass",

sagte er leise und massierte mit der anderen Hand meinen Hintern, während seine Zunge anfing, mich zu erkunden.

Ich vergrub mein Gesicht in dem Kissen und stöhnte lauter, als er seinen Finger rein und raus bewegte. Mein Körper reagierte sehr enthusiastisch, meine Zehen verkrampften sich, meine Oberschenkel ebenfalls. Er konnte mich mit einer einzigen Berührung entflammen und ich würde verbrennen.

Nick hörte auf und entfernte sich vom Tisch. Ich dachte, das wäre es gewesen. Aber dann kam er zurück und seine Hände waren wieder da. Sie rochen nach Öl, als er damit über mich strich. Er fing bei den Waden an, arbeitete sich hoch und verschmierte das Zeug großzügig auf mir.

Er knetete meinen Hintern, zog sanft meine Arschbacken auseinander und drückte mit den Daumen kräftig in mein Fleisch.

Nick bearbeitete meinen Rücken und den Rest meines Körpers, bis ich von

Kopf bis Fuß eingeölt war. Auch die Arme kamen dran, bis zu den Fingerspitzen. Er rieb in kleinen kreisenden Bewegungen und löste all meine Verspannungen.

Ich war wie aus Gummi und wünschte, er würde nie aufhören.

Langsam wanderte er wieder tiefer, jede Berührung setzte meine Haut in Flammen.

„Öffne deine Beine", wisperte er und schob meine Schenkel ein wenig auseinander. Ich wusste ja, wie gut es sich anfühlte, ihn in mir drin zu haben, daher war ich begierig, es erneut zu erleben und bog meinen Rücken erwartungsvoll durch. Ich bot mich ihm mehr oder weniger an.

Öl tropfte auf meinen Hintern und lief hinunter zu meinen Schamlippen. Ich keuchte auf, als er seine Hand darauf legte und meine Pussy massierte, ein wenig grob und sehr gekonnt. Er wusste, wie sehr ich das mochte, die volle Hand, der Druck auf meine Klitoris. Er drang mit den Fingern in mich ein und weitete mich.

Ich wand mich und hob den Kopf. Mit dem Kissen vor dem Gesicht bekam ich nicht mehr genug Luft. Und ich wollte ihn sehen. Ich drehte meinen Kopf und sah fasziniert zu, wie sein Arm sich bewegte, die Muskeln angespannt, während er mich mit den Fingern fickte.

„Komm für mich, mein schmutziges Valentinchen", sagte er und fuhr mit der Hand über meine Wirbelsäule hinauf zur Brust. „Ich will, dass du dich fallenlässt, jeder soll dich hören, schrei für mich."

„Dann bring mich zum Schreien, Nick."

Er verstärkte seine Anstrengungen, seine Bewegungen wurden schneller. Wie ein Mann mit einer Mission. Er klatschte mir auf den Arsch. Ich quiekte und er tat es erneut, zufrieden mit meiner Reaktion.

„Noch mal!", keuchte ich und spürte, wie sich alles in mir zusammenzog. Er drang mit den Fingern tief in mich ein, dann schlug er mit der anderen Hand zu. Ich erschauerte, ließ alle Kontrolle fahren und übergab mich meinem Orgasmus und seinen Fingern, bis ich vollkommen erschöpft auf dem Massagetisch zusammenbrach.

„Das war eine Massage, die ich nur empfehlen kann", sagte Nick sanft, als ich mich zu ihm umdrehte. Sein Blick war voller Leidenschaft, seine Hose hatte eine dicke Beule, er war sehr erregt. Und mein Körper verlangte danach, ganz von ihm ausgefüllt zu werden. Ich setzte mich auf und streckte die Hand aus.

„Komm her."

Er stellte sich zwischen meine gespreizten Schenkel und verschlang mit den Lippen meinen Mund. Ich schlang meine Arme um seinen Nacken und gab mich ganz dem Kuss hin. Es war egal, wie wütend ich wegen gestern war. Er war hier, bei mir. Das musste doch etwas bedeuten. Ich wollte nur für den Augenblick leben.

Mit zitternden Fingern befreite ich seinen Schwanz und strich sanft darüber. Nach drei Tagen Sex mit Nick wusste ich, was ihn anmachte und wie weit ich ihn reizen konnte.

„Angel", sagte er leise und erzitterte und meiner Berührung. „Was machst du da?"

Ich strich über die Unterseite seines Schwanzes, bis zur Eichel, und schaute ihm in die Augen. „Du hast nichts bei dir, oder?"

Er schüttelte bedauernd den Kopf. „Ich fürchte, ich nehme keine Brieftasche mit, wenn ich auf die Piste gehe."

Ich schmollte ein wenig und rieb ihn schneller. „Aber ich brauche dich jetzt sofort in mir drin. Dann muss es wohl auch anders gehen."

Er lehnte seine Stirn gegen meine und atmete schwer. „Gott, du bringst mich noch um."

„Ich hoffe nicht", sagte ich lachend. „Ich kann keine Wiederbelebungsmaßnahmen."

Er kicherte, was eher wie ein Stöhnen klang, während ich sein langes Ding bearbeitete. Seine Hände wanderten zu meinen ölverschmierten Brüsten. Man hörte nichts außer unser heftiges Atmen und das Rubbeln meiner Hand. Sein Mund traf wieder auf meinen und er spritzte über meinen Bauch ab. Der heiße Samen brannte auf der Haut. Ich war zufrieden, wie gut ich darin geworden war, ihn jegliche Kontrolle verlieren zu lassen.

Er strich mit den Lippen über meinen Mund, trat dann zurück und reichte mir ein Handtuch. „Ich hoffe, die machen hier gründlich sauber nach uns."

Ich zog eine Augenbraue hoch und rieb mir das Öl von der Haut. „Ich glaube nicht, dass hier schon mal jemand dafür bezahlt hat, alleingelassen zu werden."

Er zog die Hose wieder hoch und fuhr sich mit der Hand durch das Haar. „Wirst du mir jetzt endlich sagen, warum du so wütend auf mich warst? Ich hätte vielleicht nicht sagen sollen, was ich gesagt habe, aber ..."

Ich wollte nicht. Ich wollte nicht, dass er wusste, was ich gesehen hatte, was ich gefühlt hatte, und wie sich alles in Nichts aufgelöst hatte.

Aber wenn ich es ihm nicht sagte, wie sollte er dann mein Verhalten verstehen? „Ich habe dich und die Blondine letzte Nacht gesehen. Erst in der Bar und dann am Fahrstuhl."

Er fluchte und eine Spur von Bedauern huschte über sein schönes Gesicht. „Es tut mir so leid, Angel. Aber ich schwöre dir, es war nichts zwischen uns. Sie war total betrunken. Ich war wütend und dachte, ich könnte dich für eine Weile vergessen, indem ich mit einer anderen Frau flirte."

Seine Worte wärmten mich und stimmten mich gleichzeitig traurig. „Du dachtest, du könntest die Erinnerung mit einer anderen Frau auslöschen? Was ist sonst noch passiert?"

„Sie hat mich geküsst. Aber mehr war da nicht, ich schwöre." Er wirkte beleidigt.

„Ich habe gesehen, wie du mit ihr raufgegangen bist, Nick."

„Aber es war nicht, was du denkst. Ich hüpfe nicht von einem Bett zum nächsten. Ich war ein Gentleman. Ich konnte sie in ihrem Zustand nicht in der Bar zurücklassen, da hätte wer weiß was passieren können. Meine Mutter würde mir nie verzeihen, wenn ich so etwas täte. So wurde ich nicht erzogen. Ich brachte sie auf ihr Zimmer, half ihr ins Bett und bin gegangen. Ich schwöre es."

„Warum sollte ich dir glauben, Nick? Wo bist du anschließend hingegangen? Denn ich weiß, dass du nicht ins Zimmer gekommen bist, die Zeit passt nicht. Wenn du die Wahrheit sagst, dann hättest du nur wenige Minuten von ihrem zu unserem Zimmer gebraucht."

„Ich bin zurück in die Bar gegangen. Du kannst Henry fragen, den Barkeeper. Ich war da, bis er er mich morgens um vier vor die Tür gesetzt hat. Du musst mir glauben. Was auch immer zwischen uns los ist, ich gehe nicht fremd. Niemals. So ein Typ bin ich nicht, Angel."

Ich atmete tief durch, hob das Tuch auf und wickelte es mir um den Körper. Auf einmal war mir kalt. „Es tut mir leid. Ich hatte das Schlimmste angenommen."

„Es muss dir nicht leid tun. Ich bin derjenige, der sich entschuldigen müsste. Ich hätte nicht kaputtmachen dürfen, was wir hatten. Ich hätte den Mund halten und mit dir in unser Zimmer gehen sollen."

Ich zuckte zusammen und nickte. „Es ist nur so, dass du mich auf dem falschen Fuß erwischt hast mit deinen Worten. Wir leben so weit entfernt voneinander und ich habe gerade erst eine lange Beziehung hinter mir, die sehr bitter geendet ist."

Nick küsste mich fest auf den Mund, dann schaute er mir tief in die Augen. „Hör zu", sagte er sanft, „ich weiß nicht, was morgen sein wird. Ich weiß nur, dass ich dich nicht aus meinem Kopf kriege und unseren letzten gemeinsamen Tag nicht mit Streiten verbringen will. Ich möchte Liebe mit dir machen, wieder und wieder, deinen Körper den ganzen verdammten Tag um mich spüren."

„Einverstanden." Ich massierte seine Schultern mit kreisenden Bewegungen. „Können wir dann einfach den Rest des Tages genießen?"

„Ja." Er drückte mir einen Kuss auf die Stirn. „Komm, ich habe eine Überraschung für dich."

„Noch eine?" Neugierig zog ich mich schnell an. Mit hochrotem Kopf ging ich anschließend an der Masseuse und ein paar anderen Besuchern des Spa vorbei. „Ich glaube, sie wissen, was wir da drin getan haben", flüsterte ich.

„Und wenn schon." Nick lachte, legte seinen Arm um mich, und wir gingen hinaus. „Wir sehen diese Leute nie wieder. Und sie sind sicher total neidisch auf uns."

Natürlich hatte er recht, aber das erinnerte mich nur daran, dass ich eine Person zu gern wiedersähe, aber es wahrscheinlich nicht tun würde.

Wir betraten unsere Suite und er ging direkt zu seinem Koffer und holte ein kleines Geschenktütchen heraus. „Hier", sagte er und reichte es mir. „Nachträglich alles Gute zum Valentinstag, Angel."

Erstaunt nahm ich das Geschenk. „Das hättest du aber nicht tun müssen. Du hast mich doch mit dem Ausflug nach Lover's Rock schon verwöhnt." Ich hatte nichts für ihn, mir war nicht einmal der Gedanke gekommen, ein Geschenk zu kaufen.

„Ich wollte es aber. Ist nur eine Kleinigkeit." Nick deutete auf die Tüte. „Nur zu, mach es auf."

Ich griff hinein und holte ein schwere Schneekugel heraus, die offenbar aus recht teurem Kristall gefertigt war. In dem brechenden Licht glitzerte der Berghang. Das war kein simples

Touristensouvenir. Das war eine kostbare Erinnerung.

„Damit du dich an diesen Ort erinnern kannst, an unsere gemeinsame Zeit, und damit du nie allein auf die Piste gehen musst." Er grinste verschmitzt, während ich die Schneekugel schüttelte.

Tränen stiegen mir in die Augen. Ich stellte das Geschenk ab und nahm ihn in den Arm. Ich fühlte mich bei ihm warm, sicher und geborgen. Warum war das Schicksal so grausam zu mir? Da fand ich einen Mann wie ihn, nur um ihn nach ein paar Tagen wieder hergeben zu müssen.

Und wie sollte ich nur die Kraft aufbringen, ihn gehenzulassen?

14

NICK

Tag der Abreise

Normalerweise freute ich mich auf den Morgen. Darauf, Dinge zu erledigen und etwas aus mir zu machen.

Aber an diesem Morgen graute mir vor dem Sonnenaufgang über den Bergen. Ein neuer, wunderschöner Tag in Colorado. Aber es war unser letzter Tag.

Neben mir fing Angel an, sich zu regen. Ich legte ihr eine Hand auf die

Schulter, um ihr zu signalisieren, dass sie noch nicht aufwachen musste. Heute würden sich unsere Wege trennen, wir würden beide nach Hause zurückkehren, in die Realität.

Es war zum Haare raufen.

Ich seufzte, strich behutsam über ihr Haar und dachte an die vergangene Nacht. Wir hatten viel Zeit in den Armen des anderen verbracht, ganz zu schweigen davon, dass wir viel Zeit in dem anderen verbracht hatten. Jede Ecke der Suite war von uns als Unterlage zum Vögeln benutzt worden. Wir hatten den Zimmerservice bemüht, es dann wieder miteinander getrieben, bis wir zu erschöpft waren, uns noch zu rühren. Dann hatten wir einander in den Armen gelegen und lange geredet.

Ich kannte jede Stelle ihres Körpers, jede Sommersprosse auf ihrer Haut, hatte jeden Zentimeter ihres zarten Fleisches mit der Zunge gekostet. Aber es reichte noch immer nicht.

„Ist schon Morgen?"

Ich blickte auf sie herab, ihre schönen Augen waren noch sehr verschlafen. „Ja, leider."

„Verdammt", wisperte sie und strich mit der Hand über meine Wange. Ich nehme an, wir müssen dann wohl aufstehen und uns fertigmachen. Wann müssen wir aus dem Hotel auschecken?"

Ich beugte mich zu ihr herab und küsste ihre Lippen. „Wir könnten bleiben. Eine weitere Woche könnte ich wohl hinkriegen."

Sie lächelte an meinem Mund und knabberte an meinen Lippen. „Ich fürchte, eine Woche wäre nicht genug. Und am Ende ständen wir dann vor demselben Problem wie jetzt auch."

Sie hatte recht, es wäre nicht genug. Wir küssten uns und hielten einander noch eine Weile fest. Dann liebten wir uns ein letztes Mal, solange unsere Körper noch warm und verschlafen waren.

Es wäre so leicht gewesen, die Decke über den Kopf zu ziehen und die Wirklichkeit auszublenden. Aber die reale Welt würde schon früh genug an unsere Tür klopfen.

Mit einem Seufzen ließ ich sie los und sah ihr dabei zu, wie sie aus dem Bett stieg und träge ins Bad wankte. Eine Woche wäre auf keinen Fall ausreichend, das war gewiss. Überhaupt konnte ich mir nicht vorstellen, welcher Zeitraum ausreichen würde. Wäre für immer ausreichend?

Durch sie hatte sich etwas in mir verändert, etwas Animalisches, Besitzergreifendes. Ich wollte sie zusammen mit meinem Gepäck einsammeln und mit zu mir nach Minnesota nehmen. Ich wollte eine gemeinsame Zukunft mit ihr.

Meine verheirateten Brüder färbten wohl doch auf mich ab.

Ich zwang mich, ebenfalls aufzustehen und sammelte meine Sachen für den Rückflug zusammen. Zorn stieg in mir auf. Ich musste wieder nach Hause, genau wie sie. Wir mussten uns trennen, egal wie sehr wir uns das Gegenteil wünschten.

Angel sagte nichts, als sie bereits angekleidet aus dem Bad zurück ins Zimmer kam. Ich ging unter die Dusche und wünschte mir, ich könnte die Zeit irgendwie verlangsamen. Zusammen packten wir die restlichen Sachen ein und achteten darauf, dass nichts zurückblieb.

„Bereit?", fragte sie, stellte ihren Koffer neben der Tür ab und blickte sich noch einmal im Zimmer um.

„Nein."

Sie verzog das Gesicht und strich mir über die Wange. „Du warst mein liebster Valentin, aber wir wussten von Anfang an, dass es danach enden würde."

„Ja, ich weiß." Ich konnte sie nicht ansehen, sondern lachte bitter auf. „Du bist so vernünftig und tapfer."

„Wer hätte das gedacht, nicht wahr? Komm, lass uns frühstücken, bevor wir aufbrechen müssen. Bereit?", fragte sie erneut und drückte meine Hand.

„Ja", sagte ich und schlang mir die Tasche über die Schulter. „So bereit, wie ich sein muss. Aber ich glaube nicht, dass ich einen Bissen herunterkriege."

Das traurige Lächeln auf ihrem Gesicht half mir überhaupt nicht. Aber sie verließ tapfer unseren kleinen Hafen, das Zimmer, das mit so vielen Erinnerungen verbunden war. Ich schloss hinter uns die Tür. Gern hätte ich etwas Bedeutsames gesagt, damit wir uns beide besser fühlten, wenn sich unsere Wege nun trennten, aber mir fiel nichts ein, was der Situation gerecht geworden wäre. Worte reichten nicht aus, Versprechen wären sinnlos gewesen. Wir wussten beide, dass Beziehungen über eine so große Distanz nur äußerst selten wirklich funktionierten.

Nachdem ich an einem halben Bagel genagt hatte, der wie Sägespäne schmeckte, legte ich den Rest auf den Teller und sah Angel dabei zu, wie sie ihren Obstsalat verspeiste. Sie schob eine Cocktailkirsche von einer Seite zur anderen, bis sie sie als allerletztes aufaß. Wir schwiegen und blickten uns alle paar Sekunden verstohlen an.

Dann checkten wir aus und stiegen in den Shuttlebus des Hotels, der uns zum Flughafen bringen würde. Unterwegs schwiegen wir weiterhin, mein Herz raste, ich hätte zu gern etwas unternommen. Unterwegs checkte ich die Abflugzeiten. Mein Flieger war leider pünktlich.

„Sieht so aus, als müsste ich zum Terminal sprinten."

Sie blickte auf, ein dünnes Lächeln auf den Lippen. „Ich habe eine Stunde Wartezeit, falls dich das beruhigt."

„Nein, tut es nicht." Ich steckte mein Handy wieder ein und ergriff ihre Hand. Sie ließ es zu und verschränkte ihre Finger mit meinen. „Was wirst du als erstes tun, wenn du nach Hause kommst?"

„E-Mails checken und Essen vom Chinesen bestellen", sagte sie. „Ich muss erst am Montag wieder zur Arbeit."

„Du Glückliche", erwiderte ich und strich mit dem Daumen über ihre Hand. „Ich muss mich mit meinen Brüdern treffen und meine Mutter anrufen, bevor sie mich enterbt."

Angel lachte auf. „Das geht natürlich nicht."

Noch bevor ich antworten konnte, erreichten wir den Flughafen. Wir holten unser Gepäck aus dem Wagen und gingen hinein. Ich blieb vor dem Sicherheits-Checkpoint stehen und hängte mir meine Tasche über die Schulter. „Hier muss ich hin."

Angel deutete den Gang hinunter. „Ich muss nach da hinten."

Ich räusperte mich und fuhr mir mit der Hand durch das Haar. „Ich hatte eine verdammt tolle Zeit mit dir, Baby. Unvergesslich."

Ihr Blick wurde sanft und ein wenig feucht, sie nickte und musterte ihre Schuhe, anstatt mich anzusehen. „Gleichfalls, Nick."

„Bist du sicher, dass du nicht mit

nach Minnesota kommen kannst? Du wärst mehr als nur willkommen."

„Ich bin sicher. Ich kann nicht alles einfach so stehen- und liegenlassen, Nick. Ich habe ein Leben, einen Job ..."

Ich streckte die Hand aus und zog sie an mich, um sie ein letztes Mal zu küssen. Das musste für die Ewigkeit reichen. „Pass gut auf dich auf, da in North Carolina."

Sie zögerte und spielte mit einem Knopf an meinem Hemd. „Ich werde dich sehr vermissen und dich niemals vergessen."

Ich lehnte meine Stirn gegen ihre. „Ich werde dich auch sehr vermissen, Angel."

Sie erschauerte und zog sich zurück, dann drückte sie mir ein Stück Papier in die Hand und ging weg, ohne ein weiteres Wort. Ich sah ihr nach, mein Herz klopfte im Gleichklang mit ihren sich entfernenden Schritten. Es würde für uns beide doch nichts ändern, wenn ich ihr nun nachlief. Was geschehen war,

war vorbei. Wir hatten keine andere Wahl. Eine flüchtige Romanze war alles, was uns blieb. Das musste reichen.

Ich drehte mich um und blickte auf den Zettel in meiner Hand. Ich musste lächeln. Sie hatte mir ihre Handynummer und die Adresse aufgeschrieben. Ein Zeichen, dass sie die Sache noch nicht abgehakt hatte.

Das musste doch etwas bedeuten.

Es gab noch Hoffnung. Und ich war nun am Zug. Ich musste nur mutig genug sein, um den nächsten Schritt zu tun.

15
ANGEL

17. März

Eigentlich mochte ich den St. Patrick's Day. Aber dieses Mal fehlte mir die Begeisterung für das Fest. Mir war für alles die Leidenschaft abhanden gekommen. Stattdessen meckerte ich an allem herum, was gefeiert wurde, egal wie banal es war.

Jede Woche wurden in der Firma irgendwelche Feiertage aus dem Hut gezaubert, um den Arbeitsplatz ein wenig zu beleben. Nach meiner Rückkehr aus dem Urlaub war es Kirschkuchentag gewesen. Ich hätte beinahe geheult, als ich das riesige Kuchenherz auf meinem Schreibtisch sah. Es war zum Heulen, weil ich diese Festtage nicht mit Nick teilen konnte.

Ich träumte davon, Hand in Hand mit ihm zu gehen und gemeinsam die Parade anzuschauen. Wir würden leckere Sachen essen, Guinness trinken und Nick würde einen dieser lächerlichen, viel zu großen, grünen Hüte tragen.

Aber das blieb nur ein Traum. Rückblickend kam es mir so vor, als hätte ich mir die fünf Tage voller Lust und Leidenschaft nur ausgedacht. Es fühlte sich so unwirklich an. Als ich einer Freundin von Nick erzählte, sah sie mich an, als könnte sie es auch nicht glauben.

Ich hatte mir ein paar Tage des Jammerns und Wehklagens gestattet. Aber es hörte einfach nicht auf. Nick würde das sicher nicht so hinnehmen. Er würde mir einen Tritt in den Hintern geben, wenn er wüsste, wie elend ich mich aufführte. Aber er hatte nicht angerufen. Was für Gründe er auch haben mochte, er hatte den Zettel ignoriert, den ich ihm zugesteckt hatte.

Er hatte das alles hinter sich gelassen.

Und wenn er das konnte, dann sollte ich das wohl auch. In ein paar Tagen.

Ich gab mir Zeit bis zum Wochenende, danach war Schluss.

Auch ohne Neujahr konnte man neu anfangen. Ich hatte schon zu viel Zeit vergeudet. Für den Rest des Jahres würde ich die Dinge anders angehen oder es zumindest versuchen.

Denn selbst wenn er nicht anrief, hatte ich mich doch von ihm inspirieren lassen. Seinetwegen würde ich Neues ausprobieren, vielleicht einen Kletterkurs machen, Jura studieren und Anwältin werden, wie ich es mir schon seit Jahren vorgenommen hatte. Oder ich könnte auch einfach einen Skikurs auf

Gras oder so machen, um nicht immer auf den Hintern zu fallen.

Ich zog mir die Decke hoch bis zum Kinn und schaute die Lokalnachrichten im Fernsehen an. Leute auf der Straße wurden interviewt, die sich auf den Umzug freuten, der gleich losgehen würde, und die darüber spekulierten, welche Wagen dieses Jahr im Zug mitfahren würden.

Ich saß da und wünschte mir erneut, ich hätte Nick nach seiner Nummer gefragt, bevor es zu spät war.

Seufzend rieb ich mir mit der Hand über das Gesicht. Seit dem Tag des Abschieds am Flughafen spürte ich diese Enge in der Brust. Ich hatte so sehr gehofft, er würde mich anrufen, wenn er nach Hause käme.

Hatte er aber nicht. Damals nicht und bis heute nicht. Anfangs dachte ich noch, er hätte einfach zu viel zu tun, Arbeit nachzuholen und allerlei mit seinen Brüdern und seiner Mutter zu besprechen.

Aber als die Tage ins Land gingen, verlor ich immer mehr die Hoffnung. Vielleicht war das zwischen uns doch nicht so stark gewesen, wie ich dachte. Vielleicht war es nur ein wilder, verrückter Traum gewesen.

Wäre da nicht die Schneekugel auf meinem Nachttisch, hätte es in der Tat nur ein Traum gewesen sein können.

Es klingelte an der Tür. Ich drängte meine quälenden Gedanken beiseite, schob die Decke weg und fragte mich, wer das sein könnte. Ich hoffte, es war nicht Tim. Seit meiner Rückkehr hatte er nicht mehr versucht, mich zu kontaktieren, und ich hoffte, das würde so bleiben. Aber dann fiel mir wieder ein, dass ich Essen bestellt hatte, damit ich das Haus nicht verlassen musste. Ich würde im Bett ein Picknick machen, wie Nick und ich es im Hotel getan hatten, und mir die Parade im Fernsehen anschauen.

Ich ging zur Tür und nahm auf dem Weg dahin mein Portemonnaie mit, um den Lieferanten zu bezahlen. Aber als ich durch den Türspion blickte, zögerte ich doch. Die Sicht war versperrt, es war dunkel. Was, wenn da auf der anderen Seite ein Serienmörder stand? Ich schnaubte. Wie groß war wohl die Chance? Er müsste schon sehr verzweifelt sein, wenn er dafür extra drei Etagen hinaufstieg und sich ausgerechnet meines von insgesamt dreißig Apartments auf dieser Etage aussuchte. Aber Vorsicht war besser als Nachsicht und ich wollte trotz meiner elenden Stimmung nicht aus dem Leben befördert werden.

„Wer ist da?"

„Mach auf, Angel, ich bin es."

Ich seufzte und schlug mit dem Kopf gegen die Tür. „Geh weg, Tim. Ich habe dir doch gesagt, dass ich dich nicht mehr sehen will."

„Liebling, lass mich doch rein, dann können wir reden. Oder wir könnten zum Umzug gehen. Du hast St. Patrick's Day doch immer gemocht."

Ich stöhnte auf. Ich wollte stark sein.

Es wäre so leicht gewesen, nachzugeben und ihn einfach reinzulassen, noch mal mit ihm anzufangen. Nachzugeben und nicht mehr allein zu sein.

„Angel? Du fehlst mir so sehr. Bitte? Ich weiß, ich hätte nicht mit Michelle schlafen sollen ..."

Seine Stimme knatterte weiter, holte eine Entschuldigung nach der anderen hervor, aber allein die Erwähnung ihres Namens, brachte all die Erinnerungen an den Schmerz und die Erniedrigungen zurück, die er mir angetan hatte. Ich biss die Zähne zusammen und richtete mich auf. „Lass mich in Ruhe, Tim. Wenn du nicht in zehn Sekunden verschwunden bist, rufe ich die Polizei."

Ich hörte ihn jammern, dann gab es einen dumpfen Schlag, als hätte seine Faust oder sein Kopf die Tür getroffen. „Ich gehe nicht weg, bis du mich reinlässt." Das Hämmern ging weiter, die Kette auf meiner Seite der Tür wackelte. Ich legte sie schnell davor. Dann schloss ich meine Augen und zählte bis zehn.

Aber als ich sie wieder öffnete, war es plötzlich still. War er noch da? Ich blickte durch den Türspion und nahm mir fest vor, sofort die Polizei zu rufen, falls er noch da war. Ganz bestimmt.

Ein Schatten bewegte sich, eine Gestalt in schwarz näherte sich meiner Tür.

„Ich habe dir gesagt, du sollst verschwinden!"

„Angel, ich bin es. Er ist weg."

Ich entriegelte die Tür.

Langsam öffnete ich sie und hätte beinahe laut gequiekt, als ich Nick dort stehen sah, mit einem Strauß grüner und weißer Rosen in der Hand.

Er trug einen Smoking und sah aus wie James Bond. Auf seinem Gesicht zeigte sich ein sexy Grinsen. Ich wollte mich kneifen, um zu sehen, ob das nur ein Traum war.

„Hey, Schatz", sagte er und hielt die Blumen hoch. „Happy St. Patrick's Day."

Zitternd nahm ich die Blumen. „Was machst du denn hier, Nick? Was ist passiert? Wo ist Tim?"

Sein Grinsen wurde noch breiter. „Eine Frage nach der anderen, bitte. Ich bin hier, weil ich dich sehen wollte, Dummerchen. Und ich habe die kleine Ratte verscheucht. Er wird dich nicht noch einmal belästigen."

„Ich weiß nicht, was ich sagen soll. Danke. Aber warum, Nick? Ich verstehe nicht, warum du hier bist. Du hast nicht angerufen."

„Ich weiß und das tut mir sehr leid. Ich hätte nicht so lange warten dürfen. Aber als ich nach Minnesota zurückkam, da wurde mir auf einmal klar, dass sich alles geändert hatte."

„Hatte es?" Tausend Gedanken kamen mir in den Sinn. Er war hier. Nick war hier, direkt vor mir, vor meiner Wohnung in North Carolina.

„Ja", meinte er und strich mir mit den Fingern über die Wange. „Mir wurde klar, dass ich mit meinem bisherigen Leben so nicht weitermachen wollte. Es fehlte etwas Entscheidendes, Kostbares darin."

Wie magnetisch angezogen, ging ich zu ihm, so nahe, dass ich sein Aftershave riechen konnte. „Und was war das?"

„Du", antwortete er und legte mir seine Hand auf die Wange. „Du, Angel. Was wir in Colorado gefunden haben, ist noch da, hier in mir drin. Und ich kann es nicht loslassen. Ich habe versucht, dich zu vergessen. Es ging mir schlecht. Ich konnte nicht. Ich brauche dich, Baby."

„Nick", flüsterte ich, mit Tränen in den Augen. „Warum hast du so lange gebraucht?"

Er kicherte, schlang seine Arme um mich und zog mich eng an sich, was die Blumen zwischen uns zerdrückte. „Nun, ein Mann kann nicht einfach so alles stehen- und liegenlassen, Angel. Dinge mussten arrangiert werden, ich musste mir diesen schicken Smoking leihen, und ich musste heimlich dafür sorgen, dass du ein paar Tage frei kriegst von deiner Arbeit. Das volle Programm, alles nur für dich. Ich mache keine halben Sachen."

Ich lachte auf, hielt ihn fest an mich gedrückt und konnte nicht fassen, was hier gerade vor sich ging.

„Du hast meinen Chef angerufen?"

„Ja. Der Mann hat Sinn für Romantik. Du hast die ganze nächste Woche frei und kommst mit mir mit."

Er hatte nicht aufgegeben. Er war über das halbe Land geflogen, um zu mir zu kommen. „Wohin gehen wir denn? Ich fürchte, ich bin auf keinen Fall richtig angezogen, für was auch immer."

Er lehnte sich zurück und musterte mich von Kopf bis Fuß. „Ich habe nie ein verführerischeres Outfit gesehen." Dann lachte er. „Aber meine Mutter würde es vielleicht doch vorziehen, wenn du vollständig bekleidet bist."

„Deine Mutter ist auch hier?" Entsetzt blickte ich den Flur hinunter.

„Nein, aber sie möchte dich am Ende dieses Tages in Minnesota sehen. Zum obligatorischen Festessen anlässlich des St. Patrick's Days."

„Du hast deiner Mutter von mir erzählt?"

Er nickte. „Sie war diejenige, die mich hat klarsehen lassen. Hat mir eine mit der Fernsehzeitung verpasst, weil ich so blöd war und der Liebe keine Chance geben wollte."

„Aber Nick, es hat sich doch nichts geändert."

„Alles hat sich geändert, Angel. Das Leben ist zu kurz, um es nicht mit dem Menschen zu verbringen, den man liebt. Ich möchte, dass du mein Zuhause siehst und das Leben, das ich dir bieten könnte. Ich möchte, dass du bei mir einziehst. Lebenslange Mitbewohner. Ich möchte, dass du von nun an jedes Jahr mein Valentinchen bist. Aber wenn das nicht das ist, was du möchtest, dann ist das auch in Ordnung. Ich gebe meinen Job auf, mein Geschäft, meine Familie. Ich ziehe hierher, wenn es sein muss."

„Du würdest das alles für mich aufgeben?"

„Ich würde alles aufgeben, um mit dir zusammen zu sein."

„Aber das geht doch nicht, Nick."

„Wieso nicht? Ich tue es für dich. Ich liebe dich."

In dem Moment wurde mir bewusst, dass ich ebenso empfand. Er war bereit, alles aufzugeben, damit wir zusammen sein konnten. Und ich war es auch. Hier hielt mich nichts, nicht wirklich. Ich konnte mir einen anderen Job suchen, mich in einer Uni in seiner Nähe einschreiben, neue Freunde finden. Ich würde es alles für ihn allein tun.

„Ich liebe dich auch."

„Ist das ein ja? Du kommst mit mir? Wir probieren es miteinander?"

Ich schluckte und blickte in seine liebevollen, braunen Augen.

„Wann geht unser Flugzeug?"

Seine Augen leuchteten auf, die Leidenschaft für mich entbrannte in seinem Blick. „Du kommst mit?"

„Ja!"

„Nun, wir haben noch ein paar Stunden, bevor wir aufbrechen müssen."

Ich grinste, packte ihn am Kragen und zog ihn in meine Wohnung. „Das gibt uns reichlich Zeit, um uns wieder miteinander bekannt zu machen."

Nick streckte die Hand nach mir aus. „Ich mag deine Art zu denken, mein schmutziges Valentinchen."

BÜCHER VON JESSA JAMES

Bad Boy Billionaires
Lippenbekenntnis
Rock Me
Holzfäller
Das Geburtstagsgeschenk
Billionaire Bad Boys Bücherset

Der Jungfrauenpakt
Der Lehrer und die Jungfrau
Seine jungfräuliche Nanny
Seine verruchte Jungfrau

CLUB V
Entfesselt
Entjungfert
Entdeckt

Zusätzliche Bücher

Fleh' mich an
Die falsche Verlobte
Wie man einen Cowboy liebt
Wie man einen Cowboy hält
Gelegen kommen
Küss mich noch mal
Liebe mich nicht
Hasse mich nicht
Höllisch Heiß
Dr. Umwerfend
Sehnsucht nach dir

ALSO BY JESSA JAMES (ENGLISH)

Bad Boy Billionaires
Lip Service

Rock Me

Lumber Jacked

Baby Daddy

Billionaire Box Set 1-4

The Virgin Pact
The Teacher and the Virgin

His Virgin Nanny

His Dirty Virgin

Club V
Unravel

Undone

Uncover

Cowboy Romance

How To Love A Cowboy

How To Hold A Cowboy

Beg Me

Valentine Ever After

Covet/Crave

Kiss Me Again

Handy

Bad Behavior

Bad Reputation

Dr. Hottie

Hot as Hell

Pretend I'm Yours

ÜBER DIE AUTORIN

Jessa James ist an der Ostküste aufgewachsen, leidet aber an Fernweh. Sie hat in sechs verschiedenen Staaten gelebt, viele verschiedene Jobs gehabt und kommt immer wieder zurück zu ihrer ersten großen Liebe – dem Schreiben. Jessa arbeitet als Schriftstellerin in Vollzeit, isst zu viel dunkle Schokolade, ist süchtig nach Eiskaffee und Cheetos und bekommt nie genug von sexy Alphamännchen, die genau wissen, was sie wollen – und keine Angst haben, dies auch zu sagen. Insta-luvs mit dominanten,

Alphamännern liest (und schreibt) sie am liebsten.

HIER für den Newsletter von Jessa anmelden:
http://bit.ly/JessaJames

www.ingramcontent.com/pod-product-compliance
Lightning Source LLC
LaVergne TN
LVHW011819060526
838200LV00053B/3837